爱上阅读·中小学生晨读精品选

高长梅　许高英　主编

昭示人格的火焰

Zhao shi ren

Ge de huo yan

高军 著

九州出版社 | 全国百佳图书出版单位
JIUZHOUPRESS

图书在版编目（CIP）数据

昭示人格的火焰 / 高军著. —— 北京：九州出版社,2014.10
（2021.7 重印）

（爱上阅读：中小学生晨读精品选 / 高长梅, 许高英主编）

ISBN 978–7–5108–2852–2

Ⅰ.①昭… Ⅱ.①高… Ⅲ.①散文集 – 中国 – 当代
Ⅳ.①I267

中国版本图书馆CIP数据核字（2014）第253775号

昭示人格的火焰

作　　者	高军著	
出版发行	九州出版社	
地　　址	北京市西城区阜外大街甲35号（100037）	
发行电话	（010）68992190/3/5/6	
网　　址	www.jiuzhoupress.com	
电子信箱	jiuzhou@jiuzhoupress.com	
印　　刷	北京一鑫印务有限责任公司	
开　　本	720毫米×1000毫米　16开	
印　　张	9.5	
字　　数	155千字	
版　　次	2015年5月第1版	
印　　次	2021年7月第5次印刷	
书　　号	ISBN 978–7–5108–2852–2	
定　　价	36.00元	

阅读随想（代序）

爱上阅读。阅读能使我们进一步获取智慧,获取解决问题的方法与能力。

微信中,有一篇叫《读书的十大好处》的文章流传颇广。它概括的所谓十大好处独树一帜:1. 养静气,去躁气;2. 养雅气,去俗气;3. 养才气,去迂气;4. 养朝气,去暮气;5. 养锐气,去惰气;6. 养大气,去小气;7. 养正气,去邪气;8. 养胆气,去怯气;9. 养和气,去霸气;10. 养运气,去晦气。

微信中,还有一篇文章也被大量转发,叫《读书是最好的美容》。文章认为,"人通过读书,在幽幽书香潜移默化的熏陶下,浊俗可以变为清雅,奢华可以变为淡泊,促狭可以变为开阔,偏激可以变为平和"。的确,打开书,便打开了一扇面对世界的窗口,你读天,无际的长天予你灵性;你读地,宽厚的大地赠你理性。打开书,便打开了一面审视生命的镜子,那扑面而来的真善美令人陶醉。

还是微信中的一篇文章,叫《通过阅读解决自己的困惑》。文章认为,阅读不能仅仅是小清新、轻口味、品时尚的浅阅读,有时还得"重口味"。阅读即要脚踏实地,要观看现实,了解人类文化的百态,知识的种种。但是只看"大地"那是不够的,还需要仰望星空,还要读读诸如《论语》、

《庄子》之类的书，以加深我们对人性的理解且不丧失对智慧的信心。

再引用著名作家王蒙先生2013年9月发表在《人民日报》上的《"攻读"的日子哪里去了》中的一段话：离开了阅读，只有浏览与便捷舒适的扫描，以微博代替书籍，以段子代替文章，以传播代替学识，以表演代替讲解，将会逐渐使人们精神懒惰，习惯于平面地、肤浅地接受数量巨大、获得廉价、包含着大量垃圾赝品毒素的所谓信息，丧失研读能力、切磋能力、求真求深的使命与勇气，以至连讨论追究的习惯也不见了，苦思冥想的能力与乐趣也没有了，连智力游戏的水准也降到幼儿级别以下了。这样下去，我们会空心化、浅薄化与白痴化，我们的宝贵的头脑的皱褶将渐渐平滑，我们的"灵"的思辨思维功能将渐渐萎缩，而我们的大脑将只剩下海量获得八卦式的信息然后平面地记忆下来、转销出去的"肉"的能力。

杨绛说得更好：读书正是为了遇见更好的自己。读书到了最后，是为了让我们更宽容地去理解这个世界有多复杂。

爱上阅读。阅读提升我们的素养，阅读最终将改变我们的人生。

第一辑 **童年掠影**

第二辑 风物抒怀

第三辑 人物印象

【目录】

第四辑 **节俗映像**

第五辑 **书香远飘**

第六辑 **将帅风采**

昭示人格的火焰

Zhao shi ren Ge de huo yan

第一辑

童年掠影

　　每当春节到来，我总是禁不住回忆起童年时候故乡那火热喜庆的年来，更会想起父母亲做的油炸麻花给我们的生活带来的香甜，在山村小院里平添的热闹和满心喜悦……

父亲的烟袋锅

回忆起已去世的父亲，我首先想起的就是父亲的烟袋锅，那在黎明的黑暗中一明一暗、闪闪烁烁的烟袋锅。

1975年，我上初中了，学校离家十里多路。由于学校房屋非常紧张，我们只好跑校。所谓跑校，就是每天下午放学后回家住，第二天早晨再早去学校上课，每天一个来回。

我的老家本在沂河岸边，可父亲年轻时却来到了一百多里外的那座消灭国民党七十四师的大山下，成了深山里的一名林业工人。后来他在戴庄河边遇到了我母亲，他们就结了婚，于是就有了我及我的弟弟和妹妹们，那时，我们一家八口人，父亲每月三十多元的工资，母亲和我们六个孩子的户口都在附近一个叫书堂的大队里。像我们这样没有劳力挣工分的家庭，只好交口粮钱顶工分，以求分得口粮。那些年，我家每年需从父亲三百多元的工资中拿出二百六十多元交口粮钱。由于这样，我们家的日子过得特别艰难，多次下决心却怎么也买不起一只十元左右的小闹钟。

我去学校上学，每天天不亮就得起，走到学校刚好大明天，跟早操，上早自习。为了让我准时起床，父亲每天早晨起来观察启明星——他那时管它叫"心白"，以启明星的高度确定叫醒我的时间。他总是提前起床，轻轻拉开房门，看看启明星，若时间还早，就回去斜倚在床头上，把他的烟袋锅装满土烟,点上,一口口地抽着,烟锅里的火炭儿一闪一闪的,抽完一袋,磕磕烟灰,又走出门外,再看看星。直到他觉得应叫我起床了,才来到我的床前,在我身边叫道:"起啊,得起了。"我眼皮发涩,"嗯"一声,翻身又睡了。他就耐心地轻轻晃我一晃:"起啊,得上学啦。"我起来时,他含在嘴上的烟袋锅仍一闪一闪的。我背起书包走时,他总是嘱咐道:"叫上你的同学一路,别害怕。"然后磕掉烟灰,再回到床上躺一会儿。在我多年后的记忆里,每天早晨我上学走的时候,父亲床前总是有一堆烟灰。

偶尔有一天早晨,不用父亲叫我就醒了。看着父亲吸的烟袋锅一闪一闪的,我就问:"爸,我起吧?"他就说:"再睡一霎儿,还罩早点。"我有时真的就又睡了,但大多时候是再也睡不着了,我攥紧拳头,心里默默地说:我得好好上学。所以在恢复高考后,我在我的同学中学得得心应手,一直读到大学毕业,当了教师,后来又走入了党政机关,成了一名干部。

记得有一次,父亲得了"脾寒"——其实就是疟疾,他一忽儿冷,一忽儿热,但仍然每天早晨准时口含烟袋锅叫我起床。如今,父亲已去世好多年了,可我总记得当年他带病叫我起床的情景。那时他才四十刚出头,就经常"吭吭"地咳嗽,这绝对和他抽烟袋锅有关。

我上初中的那两年里,父亲每早都会准时叫我起床,我从来没有迟到过。他的烟瘾也越来越大,每天早晨一醒来就在被窝里抽。我参加工作后,第一次领到工资就跑到商店给父亲买了个小闹钟,以便他不再去看"心白"叫弟弟妹妹们起床上学。

随着生活的逐步好转,父亲的烟袋锅终于在我的劝说下收起来了,但他一直不舍得抽好烟,他抽得最贵的烟是两元六一包的。我回家有时给他捎包好点的烟,他总是舍不得抽。1990年春节,我给他买了两包石林烟,过年他也没舍得抽一支。春节一过,他也就病了,直到5月11日去世,两包石林烟仍未开封。

父亲去世后,我又找出了他的烟袋锅,轻轻地放在了他的身边……

短扁担

我小的时候，我们家住在因一著名战役而走进了长篇小说《红日》的大山下的林场里，那个地方什么都缺就是不缺木头，我仅有的玩具就是木枪、木刀、木棍。可我最喜欢的不是这些玩具，而是同样用木头制作的扁担，即至今竖在我家门后的一根短扁担，它是匮乏生活里的一节希望。那时我们全家八口人中有七人的户口落在了附近的生产队里，只有父亲一人在林场里吃国库粮，一家人仅依靠父亲那每月三十多块钱的工资生活，而这些钱大多又都交到生产队里作了口粮钱，生活非常艰难。可只要父亲背起这根短扁担，我就能打一次牙祭，改善一次生活。

我是家中的男孩，一直是受宠受疼的。只要前一天晚上父亲摸起短扁担来擦抹上面积得厚厚的尘土，我就会兴奋得一夜很少睡觉，因为第二天父亲一准会领着我去走亲戚，能吃到一顿好饭菜——可惜一年中这样的时候太少了。

有一次，我们要到三十多里外的一个亲戚家。天还没有大亮，父亲用短扁担背着一个筬子——里面有四十多个馍馍、二斤点心、二斤酒，在前面一闯一闯地走着，我在后面紧紧地跟着，快中午了我们爷俩才走到。吃饭后太阳已靠西，我们又急急地往家走，半路上就黑天了。尽管已筋疲力尽，毕竟吃了一顿有油水的饭，我还是兴奋地和父亲说："爸，要是能天天走亲戚多好。""咱家要是有个自行车就轻快了。"父亲嘿嘿地笑了一声,没说话,接着沉默了,半天才幽幽地叹口气:"别想这些没用的,好好上你的学吧。"

从我上初中以后,这根扁担就为我专用了,每个星期的三、六回家拿一次饭,都得用它背那一包袱地瓜干煎饼。

那年春节前后,先下了一场急雨,接着就下起雪来,气温大幅度下降,整个地面全被冰封盖了起来。因为面临高考,学校从正月初六开学。父亲看看门外,叹口气:"还去?"我使劲点点头:"去。"父亲笑笑:"走吧。"说着站起身来,拿起了这根短扁担,把已包满煎饼的包袱背了起来。我一愣,从我上学的第一天,父亲就从未送过我一次。我说:"不用,我自己走就是。"父亲笑笑,兀自走了出去,我只好抓紧跟上去。父亲走在前头,小心翼翼地。我也眼盯地面,慢慢抬脚,慢慢放脚。走出去二三里地的时候,突然听到"扑腾"一声,抬眼一看,父亲已坐在地上,包袱也在他身后躺着,短扁担仍握在他手里,且仍放在肩头上。"嗨,真滑,你可得小心。"父亲见我看他,站起来拍拍身后,又背起煎饼包袱向前走去。西北风刺骨地吹着,我的眼睛热热的。我们爷俩又细心地走了一会儿,来到了一段三里多长的下坡路,这个叫麻家岭的地方,是今天最难走的。父亲回过头来:"小心啦。"正说着,"嗤"的一声他又摔倒了,后身触着冰面,向前滑去。"爸。"我心痛地叫着。在十多米外,父亲才停住。这次扁担脱了手,包袱滚得更远。我正要去拾,父亲厉声制止道:"别动。"他又艰难地连走带爬地去抓到手里。这次,我就紧跟着父亲,扁担头上的包袱几乎触着我的前额。我的眼睛模糊了,处于感动之中,路就走不好了,脚下一滑,"刷"地摔倒了,偏偏我的脚又蹬在了父亲的脚后跟上,把父亲也蹬倒了,我们爷俩一前一后在冰上向前滑去,我感到后腚被摔成了八瓣儿,火辣辣的疼。父亲先站了起来,咧嘴一笑:"不疼啊,走吧。"此时,我真的感到不疼了。好像天也不是刚开始走时那么冷了。过了岱庄河,路面平了,我说:"爸,我自己走吧。"父亲摇摇头,默默地向前走去。最后,父亲一直把我送到学校大门口,才转身往回走去。

父亲从没说过他回去的路上又摔倒过多少次,但我知道,仅上坡的麻家

岭那一段就够难走的了,他绝对不会摔倒少了。

后来,生活变好了,这根扁担用得也少了,可它一直在屋角默默地站立着。再后来,我们都成家了。父亲去世后,我把这根短扁担又拿到了我的新家。每次关上大门,插上插销后,我总是把这根扁担顶在门后,竟成了习惯。这样做后心里觉得踏实很多。

母亲的纺车

母亲去世已六年了。

六年来,我时时怀念母亲,怀念母亲用过的那辆纺车。

母亲与在大山当林业工人的父亲结婚后,把户口落在了林场附近的一个小山村里。后来,我们几个孩子的户口也一个一个都落在了这个小山村里。那时候,父亲每月只有几十元钱的工资,家里生活很困难。因为没钱去扯布,按人口发的布票总是用不完。为了解决全家人的穿衣问题,母亲就用生产队里分的棉花自己纺线织布。

每年秋收结束以后,母亲就拾掇出纺车来,精心擦掉灰尘,在线轴尖上套个苍耳子,用蜡打打弦子,在堂屋的西墙根儿将纺车支起来。然后,极认真极仔细地把棉絮搓成膨松轻软的棉条儿。一天的操劳结束后,晚上母亲才得空开始摇着纺车,嗡嗡嘤嘤地纺线。记得上小学的第一天,母亲用她纺织的棉粗布为我做了一身新衣裳,我高兴极了,神气地在路上逛来逛去,希望引起人们的注意。

那时,我二妹在我外祖母家生活,家中只有我和大姐两个孩子。晚上,院中一棵法桐、一棵榆树,在秋风吹拂下,沙沙作响,屋内寂静极了。一豆煤油灯放在纺车轴子跟前,灯下放置着一张小凳子上,我们就着灯光读书写字。母亲的纺车摇起来了,嗡嗡嘤嘤不止。有时,母亲抬眼望望我们,脸上露出满意的神情。晚了,母亲拾掇一下床,让我们姐弟俩睡下,她继续摇着纺车纺线。一觉醒来,经常发现灯光昏黄依旧,母亲仍在摇着纺车纺线的背影。

深冬之夜,母亲总是准备一个火盆,掏上一盆做饭后灶间的木炭火,放在我们姐弟俩的脚前。总是让我们睡觉时先将火盆端在被窝里烘烤一下冰凉的被褥,然后才放在自己的纺车前,脚踏在火盆边,有时停下来烤烤冻僵的手。夜越来越深,火盆越来越凉,她却仍纺线不已。

有时,我们学习累了,母亲就一边摇着纺车,一边给我们讲故事。尽管识不了几个字,她讲的故事却娓娓动听,生动极了。就在那时,我在母亲的纺车声里,听到了《梁山伯与祝英台》、《牛郎织女》、《孟姜女》、《秃尾巴老李》、《八仙》、《井台会》等优美的民间故事。

有一次,父亲为逃避武斗,不知躲到了哪里。在那几天里,母亲通宵达旦地纺线,默默地,郁郁地。有时,似自言自语又似对我们姐弟俩念叨不已:"不会出事吧,你说说;不会出事吧,你说说……"然后就无声地流泪。三天后,父亲回来了,通宵的纺车声才停息。那几天,母亲纺得线穗子特别多,盛了满满的一簸箩,胳膊累肿了,眼睛熬红了,吃饭连碗都端不起来。

后来生活好了,再也不用纺线了,母亲的纺车才被处理掉了。但是,母亲去世后,我们在清理母亲的遗物时,在箱子底下看到了一匹母亲纺织的已放置了多年的粗白棉布。我把它宝贝似的拿回了自己的家,又珍藏在了我的箱子底下。

我的母亲的纺车哟!

院中的榆树

　　小时候，家中院子里，有一棵奇特的榆树。它皮糙，树干黑，枝叶茂密。奇怪的是，它与一般的榆树不同，大多数榆树春天先长榆钱儿，然后才长榆叶，它却是春天先发芽、长叶，慢慢长成一朵绿云，到了初秋，才在苍绿的榆叶间，长出嫩绿的榆钱儿。一想起这棵榆树，心中总泛起儿时的许多回忆。可惜自从母亲去世后，这棵榆树也慢慢干枯了。

　　从我记事起，家中的生活就非常艰难。那时我父亲在一个林场当工人，母亲和我们六个孩子的户口落在附近的村里。父亲每月仅有三十多元钱的工资，每年要向生产队里交二百六十元左右的口粮钱，才能参与生产队的分配。那些年分的粮食总不够吃，母亲整天为一家八口人的吃饭问题犯愁，脸上过早地布满了皱纹。

　　春回大地，天气渐渐暖和了。一夜春风刮过，早晨起来首先发现院子里的榆树上叶芽全张开了口，嫩黄黄的。母亲高兴地望着榆树："可好啦，有吃的啦。"几天后，沐着春风而旺长的榆叶长绿了整个树冠。母亲推我一把，递给大姐一个小提篮："去，和你兄弟上树去捋点榆叶熬熬吃。"从此，榆叶成了我们的家常主食。我和大姐每天捋三提篮儿，母亲把它泡一泡，洗一洗，放到锅里，然后添上点水，放上很少一点豆面，撒上一点盐，只烧几把柴火，水开一会儿，榆叶就熟了。做成的榆叶，汤色乳白中透出碧绿，清香扑鼻。

吃不饱饭的日子里，我觉得这是世界上最好吃的东西了。榆叶越来越老，终于到了无法再吃的地步，我们只好再去找其他野菜吃。熬过漫长的夏天，到了初秋，榆树上这时会长出一串串、一枝枝密匝匝的榆钱儿。我和大姐在树上一边摘一边往嘴里使劲填，榆钱儿甜丝丝、脆生生，非常好吃。母亲把它洗净，撒上点玉米面，放在锅里蒸蒸，又成了我们的美餐，我一顿能吃上两大碗。

1975 年，我到离家十多里外的中学上初中了，每天得拿两顿饭。全家人在家吃榆叶榆钱儿，母亲却从不让我把它拿到学校去吃。在老榆树下母亲喂了几只鸡，下的蛋从来不舍得吃，全都拿到门市部换油换盐。这时，母亲每天总是给我煎上一只鸡蛋、拿上几块咸菜、六个煎饼，她说："上学得用脑子，光吃野菜和树叶不行！"初中、高中我学习都非常努力，我总感到不好好学习对不住母亲的苦心，对不住郁郁葱葱的老榆树。

后来，生活逐渐好了，可母亲仍然非常简朴，每年还是让妹妹和弟弟们到榆树上捋点榆叶和榆钱，做成可口的饭菜，我们仍然都吃得非常香甜。

1989 年 11 月 17 日母亲去世了。六年来，我时时怀念我的母亲，怀念家中院子里那棵奇特的老榆树。我常想，我之所以有点出息，有点进步，就是因为多念了几年书。全凭母亲就像老榆树一样无言地支撑着。现在，慈母永难再见，老榆树也永难再见了。

有次和大姐闲谈，我问她小时候感到最好吃的是什么，她想了半天，说："还是母亲做的榆叶和榆钱最好吃。"大姐说的是真心话，我相信。

童年的月饼

月亮挂在氤氲蔚蓝的天上,皎洁的月光洒在院子里,让人感到神清气爽。面前的小方桌上,摆着水果,还摆着一盘高档月饼。

我把目光从天空收回来,拿起一个月饼,轻轻地咬一口,在嘴里仔细地咂摸着——它怎么就没有当年母亲做的月饼好吃呢!

那时候,我们住在沂蒙山深处的一个林场里,家中人口多,生活很是窘迫。夏天刚过去,我就盼着过中秋节。几乎天天问母亲:"八月十五快到了吧?"

母亲的眼里掠过一丝忧伤:"想吃月饼啦?"

我抿着嘴唇,使劲点头:"嗯。"

母亲也好似下了决心:"今年一定叫你们几个吃上月饼。"

我高高兴兴地跑出去,迅速地告诉了小伙伴们。

有的羡慕:"真的?"

有的不信:"这几年谁家能吃上月饼,你净瞎吹牛。"

我一点也没有担忧,天天盼着中秋节的到来。

这天,母亲又让我把家里攒的十多个鸡蛋拿到代销部去:"换一封火柴,余下的换成盐。"

这时,我突然对到时能否吃上月饼产生了怀疑,就小声说:"还不如换成钱,到时候买月饼。"

母亲一下子怔住了,脸上现出难过的表情。我有点害怕,不敢说话了。过了半天,她以坚定的口吻说:"听话,先去换这些东西吧,到八月十五保险叫你吃上月饼。"

　　时间一天天过去,家里整天清汤寡水的,月饼的事也没什么动静。我盼中秋节快来,又担心真来到后更让人失望。

　　家中的墙头上搭上了榆树皮,这是母亲从采伐的榆树枝上扒下来的。她已把外面的那层黑皮去掉了,只留下里头那层白白的,在那里精心地晒着。我并不在意这是干什么用的,我关心的是月饼问题。

　　到了星期天,母亲招呼我:"今天别出去疯了,跟我去干点活。喏,拿着抓钩。"

　　我扛起抓钩,母亲用镢头背起一个用蜡条编的三条系的筐,我们娘俩向野外走去,一直走到一片茅草地。

　　母亲弓下腰,用力地刨着地。地,是黄土地,土茬子硬,用很多劲才刨出一小块地方。不大一会儿,母亲的脸上就汗涔涔的了,上衣后背也溻透了。她喘着粗气,把镢头一扔,疲惫地坐在镢把上:"用抓钩把茅草根划拉出来。"

　　我使劲地用抓钩抓着,把茅草根拢在一起。然后母亲再刨,我再抓。我们娘俩用了一上午的时间,刨满了一大筐茅草根。母亲又领我到河边,把茅草根择干净,在水里洗了又洗,一条条茅草根就变得白生生、水灵灵的了。

　　母亲把它们切成段,晒在院子里。待干后,她又放在瓦片上用火慢慢焙干,到石碾上碾碎,用箩认真地过箩,粗的再碾压一次,最后就成了甜甜的细面了。

　　接着,母亲又把地瓜干和榆树皮一起放在碾盘上,抱起碾杆,一圈圈地转着,还不时地用笤帚往里扫一扫,最后也箩成碎面。

　　中秋节到来了,母亲先用水把掺着榆树皮的地瓜面和好,擀成薄皮,然后包上茅草根粉,做成月饼形状,先放在锅里蒸熟,出锅后凉透,再在平底锅里放上花生油用慢火仔细地煎烤,待皮子变成焦黄色,月饼就做成了。

　　望着天上的月亮,咬上一口母亲做的月饼,酥酥的,又香又甜,我终于吃上了月饼。

多年过去，日子变好了，母亲再也不用自己做月饼了。

可是，每到中秋，不管多么高档的月饼，我总吃不出好滋味。

——还是那年母亲做的月饼好吃啊！

童年的麻花

　　每当春节到来，我总是禁不住回忆起童年时候故乡那火热喜庆的年来，更会想起父母亲做的油炸麻花给我们的生活带来的香甜，在山村小院里平添的热闹和满心喜悦……

　　盼望已久的过年时节，是在我们充满渴望的童谣里来到的，是在我们眼巴巴盯着挂在屋里山墙上通红的柿子的祈盼眼光里来到的。那时候家里穷，大人对过年是忧喜参半的。年关临近，有债务要还，有亲戚要走，这都是要花钱的呀，但毕竟已地收场净，劳碌了一年能停下活来歇一歇了，同时新年过后，新的日子又开始了，新的希望又萌生出来了。我们这些孩子们盼过年，是想那年集上鞭炮的热闹，是想吃一顿好饭饱一饱口福，是想穿一件新衣光鲜一回。

　　在我们家里，早在秋天父亲就对过年做准备了，他从大山里折来一截柿树枝，那上面挂着五六个黄黄的、硬硬的柿子，褐色的枝条上还点缀着几个绿叶，煞是好看。他小心翼翼地踩着一个高凳子，在屋山墙上楔入一个长钉子，把这几个柿子高高地挂起来。从此，我们就经常地偷眼去瞥它。绿叶逐渐枯萎了，柿子也由硬变软，颜色由黄变红，味道也已由涩变甜了。若是取下一个来，小心地托在手里，轻轻地揭开一点皮，把嘴贴上去，吱溜一声，吸到嘴里，能甜透心的。想象归想象，但是没有这个口福的，我们都知道，那是留着过年时炸麻花的。

在我们对这串柿子的不断注视下，新年就渐渐临近了。进入腊月，家家户户开始忙碌办年。所谓办年，主要就是摊煎饼，炸年货等。记得那时家中好像天天推磨磨地瓜糊，母亲和大姐就不停地烙煎饼。没有白面蒸馒头，倒是把地瓜干煎饼烙了一缸和几大盆。围着石磨转圈真单调极了，但一想到年根底下推完磨就炸年货了，劲头就又上来了。

一般情况是，到腊月二十七或二十八，父母才开始炸年货，有萝卜丸子，松肉丸子，再就是麻花了。

母亲端来三四斤白面，父亲把已挂了几个月的柿子从高处拿下来，慢慢扒开皮，把柿子的黏稠的汁液挤到面盆中，同时放上点儿矾和碱等，再加上些清水，母亲就开始和面，一直把面团揉匀，放在面案上用一块白布盖着，让面饧饧，过一会儿再揉，接着用擀面杖把面擀成薄薄的片，用刀切成二寸长、半寸宽的长方形，并在中间纵向切出一道口子，口子的两头不能切到面边，用手拿起来，往切口里面翻卷几次，一个麻花就拧成了，放入油锅炸成金黄色，形状好看，颜色更好看，咬一口，嘴角就挂满油腻，口中又香又脆又甜，是我们吃到的最好的点心。

转眼除夕就到了，这天家家要吃年夜饭，熬夜守岁，午夜钟声敲响，村里便陆陆续续地燃放起鞭炮来，开始"发芝麻"，用酒菜、水饺、麻花等敬天神，烧纸，磕头。新年到来，谁家先"发芝麻"，就意味着在新的一年里早发家。我们看着"发芝麻"的供品中那一个个黄灿灿的麻花，口水就多了起来。母亲不理我们，嗔道："过来，磕头。"我们是不会认真去对待的。夹杂着起起落落的狗吠的鞭炮声此起彼伏，连绵不断，整个山村都沸腾了。

大年初一是乡村里拜年的日子，先在家里给老人拜了年，然后就出门到长辈家拜年，主人忙不迭地拿出炒花生、糖果等塞到我们还抓着麻花的手

里，我们都笑眯眯地接过来，又赶到下一户拜年去了。

父母炸的麻花不多，过了大年初一，我们再想吃，就不太容易了，母亲会把麻花用草纸板板正正地包起来，还要留着走亲戚串门子呢。

童年的麻花，是山村泥土里长出的甜蜜、香脆情节，透着一股质朴的民风，流露出故乡人的田园情怀。现在回过头去想想，那是一种庄户小吃，但更是一种绿色环保食品呢。

吃着麻花过年的日子，总让人感到有滋有味，回味无穷。

童年蝉趣

童年的时候，生活在沂蒙山里的一个林场。抬眼望去，四面是一个连着一个的墨绿色山头。一阵风吹来，"悠儿——悠儿——"的风声尖利地嚣叫着，让人心里寒寒的。天空被一座座山挤到了头顶上，变成了小小的一块幕布。这里人烟稀少，文化生活贫乏。夏季里到树林里捉蝉，就成了小时候最有趣的事情。

沂蒙山的蝉有多种。一种体形最小的，我们都叫它"紧儿紧儿"。它的叫声稚嫩而单调，一个劲地叫着："紧儿——紧儿——"再一种略大一些的，翅膀灰褐色，上面分布着一个个黑色的斑点，它不停地叫着："知——了——知——了——"人们都管它叫"嘟噻"。另一种叫"没有麻"的和"嘟噻"差不多大，只是翅膀上的斑点是翠绿色的，叫起来是："没有——没有——麻！没有——没有——麻！"这几种蝉，身体小巧，机警异常，在一个地方叫不了几声，就"吱"的一声飞走了。过一会儿，就在不远处的另一棵树上，又以同样的声音，使劲地叫起来。我们到树林里捉的蝉，体形要大得多，叫"嗟溜"。就是当今在广大城乡被人们摆上餐桌、成了美味的那种学名叫蝉、大多人叫它"知了"的。我一直不明白，它的叫声是"吱——吱——"的，似乎不应管它叫知了。但既然这样叫它，我又想"嗟溜"的发音应该是"知了"的一音之转了。

太阳刚刚下山，我就急匆匆跑到平地上的杨树林里，低着头，眼睛紧盯着地面。突然，一个大米粒似的小洞出现了。它的周围干干净净，一点土屑都没有，这就是蝉的窝穴。蝉是在树枝上产卵，幼虫出来后才钻入地下，经过几年，慢慢地长大，又从地下掏空土爬出来。发现窝穴后，要小心地用手指轻轻戳一下洞口，把这层土尽量往外抠出来，这时窝穴就变成山楂大小了。再慢慢地把小拇指伸到洞里，蝉蛹就会用两个前爪抓住，这时你把手指轻轻地抽出来，那酱金色的蝉蛹也就跟着离开了窝穴，落入了手中。若是不小心，把土戳入窝穴太多，蝉蛹就被埋住，并重新落入洞底，那就很难把它掏出来了。跑回家，扛一把镢头来，刨出一大堆土，有时也不会再找到它。夜幕渐渐降临，地下的洞穴很难再看清了。我的眼睛就会转向树干，由于连手电筒也没有，只要看到树干上有一个活物在向上爬，就跑过去一把抓到手中。大多时候，那就是一只蝉蛹。但有时捉到的会是"瞎闯子"，学名叫金龟子的。一段时间过后，会收获几十只蝉蛹。

有时候，起床早了，离上学还有一段时间，我就会绰起一根竹竿，急速地跑到树林子里，仰头看着树上。不时会发现有刚出来不久的蝉的成虫，趴在蝉蜕的上方，浑身乳白中透着淡黄，透明的翅膀已经舒展开。用竹竿一戳，它就成了我的囊中之物。有时还会见到那没有全出来的，大半个身子已褪出来，头向下吊着。轻轻一动它，就会"啪"的一声落下地来。

更有趣的是，暑假中去套"嗟溜"和粘"嗟溜"。听大人说，用牛尾巴上的长毛套"嗟溜"最好。我们就到附近生产队的饲养室去瞅候，可饲养员一见我们就撵，根本没有机会下手。后来，我和一个叫云的伙伴商量出一

个新办法，到林场的驴圈里偷拽驴尾巴上的长毛。我俩把驴毛拴一个活扣，下面系在竹竿上已经捆好的细棍上，扛着它就飞速地跑到树林里，看准一只后，就把套好的圈伸到它的眼前，驴毛在微微地颤动，蝉一点也不会意识到危险，竟慢慢地伸出前爪抓挠着，并会慢慢往前爬动一点，待到它的头部伸进了圈里，猛地往下一拽，一只蝉就套住了。它使劲扑棱着翅膀，但再也逃脱不了了。树上的其他同类并未被惊动，我们就再套下一个。粘"嗟溜"的时候，先是嚼面筋，我们背着父母偷偷到缸底抓一把麦子放到嘴里，使劲嚼着，不断地把麦皮和面水吐出来，最后嘴里剩下的就是面筋了。把面筋放在竹竿上捆的小棍上方，瞅准正在"吱——吱——"高叫的"嗟溜"，把面筋轻轻粘向它的翅膀，它愤怒地发出更高的叫声，另一只翅膀拼命扇动着，但那都是徒劳的了。每次，套也罢，粘也罢，我们都会有不俗的战果。

今年夏季的一天，我和六岁女儿讲小时候的故事，她缠着我要我和她去粘"嗟溜"，就领着她去重温了一次久违了的我少年时的趣事，但收获甚少。我就感慨，人们会不会把蝉吃成濒临灭绝的稀有保护动物，让后代子孙们彻底失去这种童年的蝉趣呢？

家乡的山山牛

从小生活在大山里，所以经历的趣事好像就多一些。以至于每每数落起家乡，很多有趣的事就又鲜活起来。生命亲近着童年的山野，会让我无比的感动。

夏天一入伏季，天气格外热起来。太阳耀眼地钉在天上，一动不动似的。连续一阵子干旱，突然哪天轰隆隆一阵电闪雷鸣，来一场透地大雨，我盼望已久的山山牛就出来了。雨还在淅淅沥沥地下着，那雄性的山山牛就冒着雨嗡嗡地飞起来，去寻觅异性，好在太阳出来以前完成生命的辉煌，然后迎着雨后崭新的阳光死去。我知道了它的这种生活规律，待雨一变小，就身披一件蓑衣，头戴一顶叫席夹子的遮雨帽，提上一把燎壶，挽起裤腿脚，飞也似的冲向山坡地堰，怀着惬意的心情，去拾取山山牛。

山山牛，这是沂蒙山区的叫法，学名叫什么我怎么也没查到。它身体呈长蔓形，长约三厘米，身宽约一厘米，头顶有两根长长的触须，一对弯长的牙齿锋利无比，通体黑褐色，油光新亮。雄性善于飞翔，雌性只会在地上爬，等待着异性来交配，然后把长长的尾伸出来，插入土中下子儿。一旦完成这传宗接代的神圣使命，它们的生命就会很快消亡。

在雷雨之前，它潜伏在硬杆的黄草和勾皮草的根部，全身金黄色，非常柔软，只有头是黑色的，有些硬，变成山山牛前人们管它叫蝗虫。刨地能刨到，用花生油烹一下，撒上点盐是很好吃的，营养也很丰富。不过，在我的记忆里，好像没有谁刨掉黄草、勾皮草去找蝗虫的。因为黄草珍贵，成熟后割了用来苫屋非常撑烂。两种草都能很好地保持水土。

雨还在下着，雨丝裹挟着雾气，时而朦胧一阵。湿漉漉的草们抚摸着我的脚踝和小腿，偶尔被葛针划一下，就火辣辣的疼。突然，眼前一闪，一朵咖啡色的雾花在雨帘中晃动一下，向远处飞去。我立即跟着跑起来，到了跟前用手一拍，一只雄性山山牛就落在地上，用拇指和食指捏住它的鞍子拾到燎壶里，盖好盖子。可是更多的时候，你越追它飞得越高越远，不一会儿就失去了目标，让你只剩下顿足叹气的分儿。有时，它又会在你眼前不远处落下来，这时你快速跑过去，不但能捉到雄山山牛，还能捉到雌山山牛。运气好的话，这地方会有多只雌山山牛。

小雨停下来，天眼看着就要晴了。我抓紧往前走着，时而瞅瞅天上，时

而瞅瞅地下，突然就看到脚边正有一只雌山山牛在草丛里呢。有时你能看到前边一丛沾满轻盈水珠的草在晃动，还能听到阵阵轻微的响动，上前一看，山山牛正在爬动着。

捉山山牛乐趣无穷，可是一定要当心，否则被它锐利的牙齿咬住手指头，就很难松开，并疼痛难忍，非出血不可。

有一次，光顾着慌乱而激动地追正在飞着的一只山山牛，忽略了脚下，竟一下子摔倒在一片沙石上。右腿膝盖被石头剜去一块肉，白涔涔的，过了很长时间才出血。小腿的一侧全被擦破，当时就血糊糊的了，蜇蜇辣辣的疼。怕父母知道，就用地上一坑坑的雨水使劲洗，直到不出血为止。但过后可没少受罪，痛苦了很长时间。不过，当时抬眼一看，不远处有一只雌山山牛正在下子儿，立即跑过去拾起来，把它的肚子撕开来，把子儿一粒粒捏入嘴中，嚼着吃起来，满嘴喷香，好吃极了。据我所知，仅有山山牛的子儿是可以生吃的。

天晴了，不远处的山上有阵阵白云在飘荡，时而遮住山头，时而扑入山涧，瞬间变化万端。而半空中出现了一拱彩虹，五颜六色的，煞是好看。雨后的天空变得更加纯净和湛蓝，丝丝小风吹着，让人备感清爽。庄稼经过洗礼，越发青翠了。走在玉米地边上，竟能听到咻咻的拔节声。

回到家中，摘掉翅膀和触须。雌山山牛囫囵着用油炒一下，撒上盐，放到清花磁盘里，就是一道赏心悦目的美味佳肴。而雄性山山牛则可以把它和花椒叶、鲜花椒粒一起用刀剁碎，煎成饼，也特别好吃。

这些年，山山牛也不太多见了。今年雨季，我忽发幽思，冒雨到野外找了半天，结果一个也没见到。看看山坡，望望田野的变化，本来快乐的心中陡然增加了一些惆怅和担忧。

啊，我家乡的山山牛……

焖地瓜

秋天的沂蒙山,在我的感觉中,是一个饱满的季节。

各种庄稼都盈盈地成熟了,透出阵阵的清香味道。特别是从地里刨出的一嘟噜一嘟噜地瓜,丰满而结实,闻一闻,就让人有一种醉醺醺的感受。往往是,庄稼人来到地头上,下意识地向满是老茧的手心里吐一口唾沫,两手相对着搓一下,抓起镢把就狠劲抡起来。一镢头刨进地里,用镢把往上一撅,一墩地瓜就被刨出来了。收获者提着地瓜秧蒂,高度与眉等齐,鼻子往上一擎,眼睛就陶醉地眯起来,那味道就钻进脑子里去了。这种感觉,若没有亲自体会一下,是很难说得清楚的。

那个时候,放秋假的学生是要求参加生产队里的劳动的,可是对小学生就不这么严格了,这就使得我们几个要好的伙伴有了疯玩的机会。按说,我们也是不能尽兴玩的,学校里让我们搞复收——就是在大人们收过的地里再去收拾点落下的东西,开学后交到学校里。我们这个地方栽种的地瓜最多,所以一般是去地瓜地里,在大人们刨过一遍的地里再用小镢头刨一遍。这在我们这里的农村里,是叫作"拦地瓜",并没有人叫复收。来到田野里,不冷不热的风吹着,天更高了,地更宽了。小镢头也抡得飞快,感到浑身有使不完的劲。筐头子里有了一些地瓜以后,我们也就开始疯起来,在暄软的土地里,先摔起地瓜蛋来——其实文明的说法应该叫摔跤的。因为庄稼人管单个的地瓜叫地瓜蛋,刨出的地瓜在归堆的时候,不用怎么爱护,扔到地下

就是。而我们的摔跤，也是把对方摔到地上就算赢了。可能因为两者有相似的地方，所以就管摔跤叫摔地瓜蛋了。

休息一会儿，不约而同地，我们接着就要做一项非常爱做的事情了，那就是焖地瓜。

一般情况下，都是由我来分配任务的："森林，石柱，你们俩去拾柴火，要干的、粗的，多拣槐树枝。林云，你和我在这里垒焖炉。"

我和林云就地取材，满地里找已经干透了的像拳头大小的土坷垃块。每块里面都不能有大的石头块，以防把地瓜损坏，弄进土去，使焖熟的地瓜变得不干净。我俩拣来一堆坷垃块后，就动手垒焖炉了。先把刨过地瓜的地面整平，再用土坷垃块一圈一圈地往上垒，越往上越要往中心收拢。不过，从一开始垒就一定要留出门口来。垒到最后，顶部也被土块封起来，一只炉膛空阔的焖炉就垒成了。

这时，去拾柴火的两个人也带着干柴回来了。

我们四个脑袋都聚向焖炉的门口，开始生火。先把干草和树叶用火柴点着，然后再慢慢地把干柴引着，小心翼翼地往里续着干柴。此时，一定要小心，烧火时是绝对不能碰到炉壁的。一旦碰塌焖炉，就将前功尽弃，从头再来。火旺旺地燃烧着，火焰舔舐着炉壁，烟从土坷垃块之间的缝隙中冒出来，有时红红的火焰也蹿出来，跟着蓝烟往上跳。过一会儿，土坷垃块的缝隙处都被烧黑了。温度越来越高，火更是越烧越旺。待连续烧到20分钟左右，迅速抽出未着完的干柴，把地瓜飞快地扔进焖炉里，马上用镢头将焖炉砸塌，并把土坷垃块砸得细碎，再快速用周围的细土埋起来，用脚使劲踩实它。

这时，我们长出一口气，又挎着筐头子，扛着镢头，到地里继续"拦地瓜"去了。

不自觉的，我们也学着大人的样子，往手心里吐口唾沫，搓一搓，抢起小镢头，挨着刨起地来。每有收获，总是用胳膊擦一下额头上的汗珠，大呼一声："我又拦到了一个大的。"惹得其他人都停下来，纷纷地看。

待到筐头子里大大小小的地瓜有半筐的时候，我们也都饿了，招呼一声,就纷纷奔向焖炉。先慢慢地扒开上面的土,然后再细心地退里面的土。干白的和漆黑的土退去了,已经熟透的地瓜先后露出来。我们各自抓起一个来,在手中来回倒着,让它略微散散热,就急急地吃起来。我们先把一个地瓜的皮扒掉一少半,就赶快往嘴里填去,即使烫得我们一次次地龇牙咧嘴,也毫不在乎。这地瓜软软的、甜甜的、香香的,咽下一口,浑身舒坦,一下子全身就长满了劲。和家里平时煮的、熬的、烧的地瓜相比,这是最好吃的。它好像有一种淡淡的泥土的香味、微风的香味和太阳的香味。那个年代,吃地瓜吃得口味淡得很,可是这样焖出的地瓜却让我们吃得津津有味,总是把小肚皮撑得鼓鼓的。

然后,我们再到地里去"拦地瓜",直到把筐头子基本上收获满,才嘴唇黑黑的,双手黑黑的,有的脸上也黑黑的,背着筐头子回家去。

这是我童年时候的事情了,长大以后整天忙这忙那的,竟一直没有再吃过焖地瓜。

没有听说别的地方有这种吃地瓜的方法,所以我姑且叫它沂蒙山的焖地瓜。

照螃

我的家乡大山多,小河也多。在每一座不论大小的山中,流水淙淙的小山沟更是少不了的。山上树木高低错落,郁郁葱葱,山花开得灿灿烂烂,一

阵风刮过，它们就慢慢摇摆起来，或淡雅，或浓郁的花香就钻进你的鼻子中去了。不管是朝阳的还是背阴的山沟里，四季流水不断。小鱼小虾随处可见，它们一会儿停在水中一动不动地聆听着什么，一会儿又"噌"的一次向远处窜去。倒是在水面上飞翔着的蜻蜓们随意起起落落，很是安闲。走在山沟里，你顺手掀开一块石头，运气好的话，一只山螃就会急急地向水深处跑去……

小时候，我偶尔会拿着一把用荆条编的笊篱到山沟里去捞小虾。不长时间，就会捞到半斤左右，并捉到一些大大小小的山螃，生活会得到一下改善，身体就能多摄入一点营养。以至于，滋养得我至今对道道山沟充满感情。每次回去，总忘不了去走一走，再看它们一眼。遗憾的是，大多的山沟已经干涸了。

捉山螃最好的办法是用火光去照。最讲究的是照山螃的火，是拿着淹过并已扒掉苘皮、晒得干透的苘秆，到流水潺潺的山沟里点燃的。夜已深了，山螃们纷纷从石头下面，从藏身的小洞穴里爬出来，四处觅食。你把苘秆点着，就能看见山螃们或在水中，或在岸边，悠闲地爬动着，弯腰把它们拾到提前准备好的容器里就行了。

其实，用苘秆的含义主要是提示季节。苘收获以后正是深秋，此时的山螃们已经长了半年多，个大肉肥，籽粒饱满，是味道最好的时候。照点山螃来，大饱一顿口福，是对贫穷寡淡生活的一次重要调节。

我都是跟着父亲去照山螃的。在我多次要求下，父亲是会领我去照一次山螃的。某天晚上，他没事，我也不上学，父亲就会在白天提前做着准备，他从屋墙上拿下那盏桅灯，把上面的灰尘擦掉，用软纸沾着他打的白酒将玻璃灯罩擦得干干净净，拧开油壶的小盖儿，加上煤油。下午饭后，天逐渐黑透了，点上桅灯，提上一只笤桶，我们父子俩就上路了。秋天的小飞虫追逐着我们的灯光，应和着我那欢快的心情。高一脚低一脚的，不大一霎的工夫，我们就到达了一条山沟。我提着灯在左边走，父亲提着笤桶在右边紧跟着，我们爷俩逆着流水向上游走去。不一会儿，我们就有收获了。山水清澈，水底沙石上的山蟛急速地爬着,父亲快速地伸出手,用拇指和食指捏住它的两头,把它拾到筲桶里面。我们穿着用胶皮钉制成的沂蒙凉鞋,在水中走着,粗糙的胶皮磨着脚,火辣辣的疼。周围的小虫们使劲往卷起裤脚的腿上撞,不时地叮一口,就肿胀起一片疙瘩。有时被咬急了,父亲会用手掌"啪"的一声,拍向腿上。他转过脸来,咧嘴一笑,嘱咐我:"咬得疼就使劲打!"我真的就把灯换到左手中,用右手使劲拍裸露着的小腿。我们在自己拍出的"噼噼啪啪"声中,不停地向前走着,越攀越高,照到的山蟛也越来越多。山沟更加陡峭,行走越加困难。突然,一块高大的黑石迎面堵住我们的路。水从石头上飞溅着冲下来,在石头的下边形成一个不小的汪,汪里的山蟛们在灯光照耀下,急速地向四下里跑着,我们迅速地拣拾着。拾完后,我们左右试探,慢慢向这块大石头上面攀缘。"刷"的一声,父亲刚爬上去一半,又滑了下来,腿都被拉破一大片,血渗渗的。他口中"嘶溜""嘶溜"的,忍着疼痛,又往上攀爬着。等他终于攀上去了,我才开始往上爬。父亲在上面会及时地伸下手来,把我拽上去。走着走着,路又走不通了,一棚石头在前面挡着,我们只能在石头缝里试探着往里钻,顾了脚下,就会碰到头;顾了头,又会摔倒在石缝里,擦破腿脚。遇到这种情况,往往反复多次才能通过。夜更深了,头顶上的天更开阔了,大大小小的星体在夜空里放射出更加明亮的光辉,北斗星像我捞虾的笊篱在西北的天空搁置着,牛郎和织女在西南的银河两岸对望着。四周一片寂静,我们双脚踩动的水声显得很大。突然,一只野物在前边呼的一声向远处窜去。过后,天地间更加阒寂了。筲桶里的山蟛接近满了,这条山沟我们也走尽了,于是拐上山路,回家去。

第二天,母亲会把山蟛给四邻的人家各送一份去。剩下的放到锅里,加上调料煮出来,山蟛就变成红色的了。浓郁的香气飘起来,会让人淌口水的。拿起一只,把蟛盖掰开,就是尖脐的雄蟛也会有香喷喷的黄油的,更不用说那团脐的雌蟛有多好吃了。有时,还可以沾上一点面糊,放到油锅里炸出来,外表金黄,蟛肉洁白,看一眼都是美的享受。母亲还会把山蟛剁成陷,煎成饼给我们吃。

父母相继去世以后,我就很少回老家了。有时回去看看,山上的树木日渐消失,大多山沟只有在夏季里才流动着一段时间的水,其他时候大多干涸着,鱼虾是不见了,掀动一些石头,也不再见山蟹,恐怕山蟹也不会有多少了。

香蒲情结

丰盈盈的秋天来了,家乡小河边的香蒲也该收获了。

前天,走在路上,猛然见路边的地堰前站了一排已经收割的蒲草。它们在金灿灿的阳光下,正逐渐由青变黄,再慢慢变成淡赭色。待到晒干,它们就又完成了一次生命的升华,饱满的暖意就被储存起来了。从这次看到香蒲的身影后,就总是放不下,心里充满了温馨的感觉。

童年的时候,亲近香蒲的主要方式是脚上蹬一双蒲鞋,在野外尽情地狂跑疯玩。当时,穿的什么衣服忘了,戴的什么帽子也模糊不清了,独独的就记住了那一双蒲鞋。那是冬天来临的时候母亲领着我在集市上买来的。当时集上人很多,卖蒲鞋的也排了一大溜儿,买不起布鞋的人家都聚集在摊子前,比画着脚的大小选购廉价的蒲鞋。母亲弯下腰,扒掉我脚上的那双已非常破烂的鞋子,拍拍我脚底的土屑,给我穿上一双她选好的蒲鞋,试试合脚不? 她低着头,左看看,右瞅瞅,看到合适了,满意的神情流露在脸上,就再弯下腰去,给我换下来。然后,我们娘俩就一前一后地走七八里山路,疲惫地回到家里。母亲很累，但并不停下休息一会儿，而是在床底下、屋内的墙旮旯里不停地翻腾，尘土飞扬起来，落到她的头上，沾在她的脸上，最终找出的是她不知收藏了多长时间的几块零碎的车内胎皮。她是用晚上的时间来加工这双草鞋的。寒冷的冬夜，我睡醒一觉了，一豆晦暗淡黄的煤油灯下，母亲双手还在忙碌着，有时把针在头发里擦一擦，以便使铁针能顺滑地穿透皮子，有时又低头趴在蒲鞋上用牙咬着针头用力往外拉针鼻和线，她把黑色的皮子缝到蒲鞋底下作鞋底，把暗红色的皮子贴到鞋帮上，用暄软的旧布料包好鞋里和鞋口，一双蒲鞋才算是加工好了。这样加工过的蒲鞋穿着暖和，也撑时间。穿着它，一个冬天就能对付过去了。母亲仔细地端详着为儿子做好的蒲鞋，疲倦的脸上呈现出幸福的辉光，我的心里涌出好一阵的感动。

那个时候动乱得很，父亲为躲避批斗在一个下雪的晚上走了。早晨醒来，我就看到母亲愣愣怔怔的，有时小声嘟囔一句什么，用心去听也听不清她说的是什么。潦潦草草地吃了早饭，母亲拉着我的手就走。我穿着新蒲鞋，很舒服，就高兴地又蹦又跳，还专门往没有脚印的雪里走，雪经常把蒲鞋掩没。母亲叹口气，有气无力地说："你看你这孩子，就不会踩着别人走过的地方走吗？"可是，过不了一霎的工夫，我就旧态复萌了，又跑进了雪里。母亲领我向东南走出几里地，到了一个大水库的边上，摇摇我的手，眼泪包着眼珠，嘴里又嘟囔开了："你说说，要是叫人家抓住塞到水库里的洞洞下面，咱娘们向哪去找？啊，你说说向哪找？"我这才明白了，母亲这是怕父亲出事，拽着我去找我的父亲呀！我们当然没找到，倒是我把蒲鞋弄得湿透了。

后来生活变好了，就不再见卖蒲鞋的了，也不见穿蒲鞋的了，但我们和香蒲的关系并没有疏远。

我结婚的时候。父亲跑到集市上，精心地挑选了一领蒲席，把它捆在自行车的后座上，带着它歪歪扭扭地走在回家的路上。蒲席太大，自行车后座太小，需要斜着捆。这样一来，自行车的车把儿就很难控制住。我不知道父亲在山路上走了多长时间，费了多少劲才回到家。但我看到了，在深秋的季节里，父亲满头大汗，衣服上有几处擦破了。可是，他笑眯眯的，脸上尽是满

足的神情。这领蒲席铺在床上后，我先趴上去，心怀感激地亲了亲席面，一股甜甜的清香味和暖暖的太阳味让我陶醉，让我感动不已。

　　洞房花烛之夜，我的脑袋一触到崭新的枕头，又有了新的发现。它暄暄的，枕芯里填进去的东西软软的、细细的，枕在上面非常舒服。里面还钻出一股浓郁的清香，好似在哪里闻到过。我就问妻子，妻子告诉我，里面的填充物是从蒲棒槌上捋下来的。蒲棒槌就是蒲穗，是香蒲上长出来的，这种东西是做枕芯的最好材料。这是岳母亲自跑到河边，花了很多工夫，用手一把把捋下来的。为了给我们做这枕芯，岳母的手被染成了黑黄色，并磨破了许多地方。婚后见到岳母，我直愣愣地盯着她那粗糙的双手，看了半天，心里好感动好感动的。

　　我心中的香蒲浸入了太多太多的亲情，它会永远鲜活在我的大脑里，水灵灵的，在流动的清清河水中碧绿地摇曳着、摇曳着……

第二辑

风物抒怀

　　来到跟前,只见一根根傲骨倔强地立在贫瘠的山坡上,用脚紧紧地抓住山地。尽管没有一棵是笔直的,却站得稳稳地,在歪歪斜斜中生出的树枝向四下里伸展着。这是一株株黄栌,在深秋即将来临的时候,拼尽一年的积蓄,昭显出自己的宣言。

以动物的形态出现

　　有时很疑惑,你们是什么时候以动物的面目出现的呢？每每走在野外,不经意间,你们就调皮地以活活泼泼的姿态晃动在了面前。

　　尽管是居住在一个小城里,但也被精心设计的钢筋水泥严严地包围着,在被人工用心算计后留出的空隙里,偶尔能见到一片同样被精心设计出来的绿树、红花、碧草,它们大多是几何形状,显示出几分高贵,这种非自然的人工痕迹,总是疏远着感情的触摸和眼光的亲近。

　　端午节的早晨,妻子要按当地的风俗打荷包蛋,除了需要一把麦穗外,还需要一种叫作猪牙草的植物。她说到地边去薅点吧,正好也想到野外去转转。当年屈原不遗余力地用各种香草作为意象,写出了字字珠玑的大量诗篇。我想与当地的植物亲近一下,也不失为纪念屈原的一种方式。骑上自行车,向郊外的原野慢悠悠驶去。因为目标明确,一到田野中,就在地堰上专心致志地寻找那以憨厚的猪的牙齿命名的野草。田地里是已经渐次由青变黄的小麦,那饱满的麦穗昂着自豪的成熟面孔。初升的太阳把光线斜斜地射过来,亮闪闪的。地堰上的杂生花草高低错落着,伏在地面上的野草中并没有猪牙草的身影。直到转到一片荒野后,才找到那横卧在地面舒展着碧绿的身躯的猪牙草,它们那纤细的茎上,不规则地排列着一个个瘦弱圆长的薄薄叶片。仔细看去,真的像是猪的牙齿呢,只是不知它们从什么时候开始由洁白变成绿色的。以前随处可见的这种植物,对它们从来没有像现在这样仔细地看过。妻子俯下身去,小心地拔了几棵。回到家中不久,桌子上就端上了几碗荷包蛋来。淡蓝色图案的碗里,碧绿的汤水晶莹着,洁白的荷包蛋静静地卧在其中,热气袅袅地升腾着,一股清香气息扑鼻而来,还没有品尝就恍惚感到好似又来到了一片开阔的田野里。

有次我们一家人去登山,刚走到山脚,就看到一种簇簇拥拥像花生米大小的叶片,紧密地靠在一起。我蹲下身来,小女也紧随我过来了,她慢慢拔起一棵来,惊奇地说:"小猴子啊。"我刚开始只是觉得这种植物以前并没有见过,有点特别,所以停下脚步的,经她一说,我再细一看,太奇怪了,下面是让人担心的细细的茎,上面顶着一个叶片简直就是一张猴子的小脸,仔细观察,竟然有鼻子有眼的,形状特像,轻风掠过,偃仰起伏,一只只可爱的小猴子正在顽皮地戏耍啊。只有妻子很坦然,她说经常见的,就叫猴脸草。我和女儿只有惭愧自己的孤陋寡闻。

以猪、猴命名的野草让人感到实在、亲切,而用蚊子的姿态站立在那里的蚊子草也并不给人以厌恶感。小时候住的那片山野,随处可见的就是开着淡紫色小碎花的这种植物,生长的地方都是薄而贫瘠的沙土地,叶子显得有些干枯,那贫血一样的绿色小叶片真的就像是落在地面上的一堆蚊子一样,细细密密的,不小心用脚拨拉了一下,叶片瑟瑟摆动着,好像蚊子要飞舞起来似的,只是接着就又落下了。那时候,家中不富裕,连蚊香也买不起,所以总是拿一把镢头去刨蚊子草,连根刨起,那细线一样的根纵横交错着,网状交织在一起,即使把沙土抖落干净了,它们也不分开。放在阳光下,让它的叶、茎、根蔫悠一下,把它们捻搓成一条条绳子的形状,搭在墙头上,彻底晒干后收起来,就是一种上好的驱蚊佳品了。夏天的夜晚,我们拿一片席子铺在场院里,在边上点燃一根早已干透的蚊子草绳,立即把火焰吹灭,让青烟慢慢升腾着,那红红的火头明明暗暗地闪烁着,在炎热的夏季里并不让人感到有闷热的感觉,蚊子草的香气氤氲着蔓延着,钻入鼻孔反而有一种清凉,至于蚊子,则就享受不了啦,只好退避三舍。头顶上,大大小小的星星好

风物抒怀
第一辑

似装饰蓝天的一颗颗金色铆钉一般,使单调的一片纯蓝生动起来。大人孩子则指指点点着,银河横跨在天空的正中,这是牛郎,那是织女,哎,天鹅座怎么会在银河里呢? 由于蚊子草把蚊虫驱走了,有时也会安静地睡过去一小会儿。直到屋内的气温也低下去,回去会一觉睡到天大亮的。

还有的动物性的植物,站在那里顽强地与我周旋和较劲。印象最深的就是马齿菜了。它的学名叫马齿苋,可我的故乡的乡亲们却叫马齿菜。这首先说明在乡亲们的眼里,它不是一种野草,而是可以食用的蔬菜。它的特色在叶子上,那肥肥胖胖的茎上紧连的就是厚厚的叶片,错落有致地排列着,绿色中透出淡淡的红褐色。马齿菜有时是一片一片长在一起的,但大多时候是分散着生长的,每一棵的独立性都很强,一般是不会缠连在一起的。采来后去掉根,用开水氽一下,放到凉水里浸洗后,沥干水分,用大蒜泥、酱油和盐拌匀,就是一道美味了。刚吃完,我接着就开始烦它了。它会在庄稼地里顽固地占据一个位置,在毒毒的太阳下锄过的地上,其他草会被很快地晒死,而这马齿菜却生命力顽强,几天后才会变得蔫悠起来,但十几天后的一场小雨,就又歪歪斜斜地活过来了。后来再锄地,我就单独把它归拢起来,待收工时把它抱出去,扔到石头上。但是只要一落到地面,往往还是会活过来的。那时烦它,同时也会佩服它的顽强。

以动物的方式站立在大地上的植物多种多样,我知道的还有山羊胡子、猫耳朵、癞蛤蟆棵、鸡冠、凤仙等。

按说地球上应该是有了植物以后才有动物的,怎么先出现的物种反会借用后来出现的物种命名呢? 我想,形状相似是一个原因,但把吃野草当成吃动物表明了先人们的乐观生活态度肯定是一个更主要的原因。同时,它们有动物的形态,却没有动物的浊气和俗气,人们有一种亲近它们的潜意识和审美向度。这说明人类对它们的那种感情,好似植物茎叶上的脉络一样,渗透到了植物的内部了。人们对它们有一种松弛的淡定态度,觉着可爱,这种昵称才被认同了下来吧。

以日常用品来命名

　　植物们四处扎根，无处不在。古往今来的茫茫岁月里，它们与人类发生着种种联系。人对在庄稼地里生长的其他植物毫不犹豫地除去，并尽量做到除之务尽，以保证庄稼的正常生长。可是在其他的空间里，人们又对植物们很是亲昵。它们对人也很友好。你走在乡土路上，它们会伸出温柔的小手拉扯你的裤脚，劝你停下匆忙的脚步。要你和它们说说话，慰藉它们的寂寞，也让你歇息一下疲惫的身心。这时候农人往往真的就会坐下来，横下扛着的镢锨耙犁，坐在已被自己的手摩挲得光滑的木质的部位，掏出烟袋，在铜烟袋锅里摁满旱烟丝，"哧啦"一声划着火柴，红红的火焰就被吸进烟袋锅里，变成缕缕洁白的烟雾从人的嘴里飘荡出来。这时，它们会在阵阵清风的鼓动下，大胆地摇头晃脑，平等地和人对话。听到农人小声嘟囔的话语，还会调皮地扮个鬼脸，有时甚至会发出"唰唰"的笑声。农人陶醉了，就会一直坐在这里，天上的星星嫉妒地一次次瞪眼睛了也不起身。看看天就要黑透了，一种被人命名为灯笼海棠的植物就挺身而出了，在路边挂起红红的灯笼来，长时间地点燃着，让农人好看清楚回家的路。我在农村干过的农活多种多样，收工回家时受到灯笼海棠这种殷勤照应的经历至今难忘。

　　人对植物的态度是可以很实在很随意的，在和它们打交道的过程中从不用像和人交往那样注意方式方法。植物们也不会矫揉造作拿腔拿调的，

风物抒怀
第一辑

你需要它时顺手抓过来就可以了。往前数一些年月，与小伙伴们在野外玩耍，会时常碰到一种叫作"懒老婆补丁"的植物。见到它们，我们男女玩伴就会停下脚步，纷纷揪下一个个叶片来，把它贴到衣服上，并很是以此为荣。这种植物叶子大大的，绿颜色浓得都有些发黑了，它在野生的低矮杂草中突兀地矗立着，一点也不为自己的名字羞涩。叶子上面的毛刺似灰还透着黄，密密麻麻地排列着，比较硬但还不到扎人手的程度。这叶片贴到衣服上会粘得很结实，想揭下来得费点工夫。往下拆这种补丁时，能听到一阵"哧哧"的连续剥离声。我们除了往自己的衣服上补这种补丁外，还会偷偷地在别的玩伴后背上补上一片绿色，然后互相追逐着，连续地贴着、揭着、嬉闹着。躲藏在草窠中的小鸟快速向远处飞去，向自己的同伴们报信，相互招呼着赶快躲开我们。蚂蚱们和各种小飞虫，一次飞落的距离要小多了，更是赶紧溜之大吉。

这种植物本来是为懒女人准备的，反而不见一个女人用它们补过衣服。村里有的懒女人不会缝补衣服，也想不到用它们为家人身上那破损的衣物贴上一块遮遮丑，倒让我们给尽情地消受了。

我想人类在植物面前，肯定曾多次发生过恍惚之感。当人类在地球上刚刚出现的时候，面对着大片大片的植物，有点害怕，有点迷惑。不久之后，就自自然然地和它们亲近起来。植物们感到多了能移动身影的朋友，也自愿地接受了人类对待它们的交往方式。时间长了，植物们看到人们缺这少那的，不忍心了。看到人没有碗，它们马上默默地开出碗形的花朵来。并用自己那细细的藤蔓努力往人类的跟前爬来，隔一小段就捧出一只圆圆的白瓷碗来。它把自己打理的洁白如雪，晶莹剔透，那花瓣的碗壁又轻又薄，简直就是一个个烧制精美的高档白瓷碗。为了不至于太单调，还会在碗中心点染上一抹紫红色彩，而花蕊的部位又点上一个白白的圆点，这样一来，碗一下子就有了层次之感和色彩之美。人们对它的热心会满怀着感激的态度赶紧接过来，并喜爱地为它起个"打碗碗花"的名字。大人们会经常告诫孩子，不能随意掐揪它，否则在家中吃饭就会打破饭碗的。有时，老奶奶们看它们小乖乖的样子，实在喜欢得不得了，瞅来瞅去，满脸皱纹笑成菊花状，就又给它起出个新的名字来，并一迭声地叫着"兔耳草"。仔细看去，那一片片碧绿的叶子，不是一只只兔子耳朵又是什么？

　　人就是这样喜爱着，不断地命名着身边的植物们。春天来临，那种在向阳的墙角或坟墓的前怀开着紫色花朵的植物，你只要把圆筒形的花瓣和花蒂分离开，在花瓣的底部就会有水晶似的晶莹露珠沾着，咂入嘴中，甜甜的，还有一股淡淡的酒香，人们就喜爱地把它叫作甜酒根儿。秋天到了，夏季里茎干上长着墨绿色竹叶似的植物在高高挺立的头部分叉长出了朵朵小飞蓬，好似白酒中飘起的朵朵酒花正在向上泛起，疲劳的农人一阵恍惚，惊喜地叫着小白酒草跑上前去，枝头被晃动了，已经干透的羽状籽粒向远处飘飞而去，人们会像真的喝到了白酒似的满足着、陶醉着。可是，不论红酒、白酒，没有家什装起来是不保险的呀。哎呀，家什就在眼前哟，既然长得像酒瓶，就起名叫酒瓶兰吧？光有酒还不行，吃饭更重要，这一蓬蓬结满了细小颗粒的小口袋，就叫它米口袋了，只要顺手提回家饭也就有保证了。开出的花带着一个兜，就叫兜兰。日子过好了，得讲究生活质量啊。看它那耸立在两个花瓣上呈拖鞋形的黄、绿、褐、紫的大唇，有脉络，带条纹。这花儿明明就是一只只异彩纷呈的拖鞋嘛，那就改叫拖鞋兰吧？女孩子爱打扮自己，喜欢背个包点缀一下，那种植物上挂着的不恰恰是几个坤包吗？就这样命名着，好日子也打发过去了，艰难的日子也打发过去了。

　　历史长河滔滔向前，多种多样的植物被人类命名为了日用品。怎么也弄不明白你们到底是什么时候被命名的，但我知道你们是人类生活中不可或缺的一员。你们已经深入到人的生命和心灵深处，人类与你们是互相离不开的了。日子一步一步往前挪动着脚步，你们有枯有荣，但会在和人约好的时间里定时赶回来。可总有一些人，离开田野，离开植物，走向远方，不再回来。但他们在水泥构建的植物群里，常常会感到干燥，感到心焦。有时候想起田野里的你们来，就会发出一番感慨，并常常抽出空闲跑到城外与植物们拉拉手，说说话，好好亲近一阵，戏耍一番。回到城里，他们就变成了一株株生机盎然的植物了。

就这样与你擦肩而过

正是烟花三月的日子，怀着一腔下扬州的浓情，我直奔著名的扬州瘦西湖。

下了高速公路，进入城区，离目的地近了，却在憧憬里面突然渗出一丝丝忐忑来。为什么会这样呢？仔细想来，其实是担心时间太紧张了，千万别因为一点什么事儿，让我看不成这大好春光里的美景。

我知道，瘦西湖是扬州的著名风景区，原叫炮山河，一名保障河，清乾隆时因其绕长春岭（小金山）故又称其为长春湖。它本是纵横交错的河流，经过六朝以来历次营建，园林艺术家们精心构思，因地制宜地建筑风景，使这一泓窈窕曲折的水面更加迤逦伸展，好似一位神女摆动的明滑衣带。它那清清瘦瘦的神韵，让人感到这湾曲水那动人的妩媚之态。湖两岸柳绿桃红，亭台楼阁，很有艺术风味地站在那里。清钱塘诗人汪沆写道："垂杨不断接荒芜，雁齿虹桥俨画图。也是销金一锅子，故应唤作瘦西湖。"下笔著一瘦字，点出它纤秀、苗条、俊俏的风韵，确实精确，瘦西湖由此得名，并以此蜚声远近。

你只要坐上画舫，一路游去，一幅山水国画长卷就在眼前次第展开。船移景换，它们全都以娇美干净光亮的容颜主动走上前来，热情地迎接着每位游客客人。让人应接不暇，心迷神驰，真有一种"两岸堤花全依水，一路楼台直到山"的动人景观。

最好是选择从过去大清皇帝登舟的御码头上船,在画舫向前移动的过程中,清新的水汽扑面而来,有一种湿津津的感觉,陶醉中会看到绿树掩映中的草房、水榭,红花映衬下的三五驻足游人,只闻其声不见其踪的鸟儿们不知道正躲在哪些叶片后面竞相地向人们展示那或清脆或悠长的歌喉。

出了徐园,就是一座小红桥,也叫小虹桥。在碧水绿树间,突然出现一抹如此鲜艳的颜色,初入眼让人感到似乎有些俗气。但仔细一看,你就觉得不是那么回事儿了,这恰恰体现出了设计建造者们大胆而独特的构思。由于和周围的环境非常和谐,在娇艳中竟透出动人的风采。正是这独出心裁的设计,成就了优美的园林风格。

来到小金山西头的吹台,也就是俗称钓鱼台的地方,只见它的东面是木刻镂空落地罩阁门,其他濒湖的三面各开一圆洞门,亭内有沙孟海题写的"吹台"匾,外面挂着刘海粟题"钓鱼台"匾额。这儿的奇妙之处是,只要你选择一个合适的立足点,偏北一点,面对吹台,看西侧圆门,五亭桥收入眼中,看南侧洞门,高耸的白塔映现出来,发挥到极致的古代园林建筑的借景艺术令人叹服。

五亭桥也叫莲花桥,中间一亭最高,南北各有两亭互相对称,亭顶都覆盖着黄色琉璃瓦,亭檐漆为绿色,立柱染成大红色,再配上白色的栏杆,显得典雅瑰丽。亭子的檐角纤秀灵动,轻盈优美,似张开翅膀的美丽鸟儿正欲飞翔而起。一座桥上五个亭子已经让人感到稀罕了,而桥下列四翼,正侧共设计建造了十五个桥洞,且洞洞相通。据说每当晴明的月圆之夜,能倒映出十五个圆圆的月亮,"面面清波函玉镜"。桥洞衔月,画船出入,游人感到似进入仙境一般。

白塔脚下是一个四面环水的小岛屿,仅北面设一曲桥与湖岸相连,走上岛来,就见廊台楼阁,花木山石,错落有致,建筑物大多面向碧绿的湖水,以栏杆环绕,游人凭栏小憩,观望远近的湖光景色,会感到美不胜收。若是从高处看它,整个小岛屿就像是一只浮在清渌水波中嬉戏的野鸭,所以前人早

风物抒怀
第一辑

就给它起好了一个既恰切又饶有风趣的名字"凫庄"。在这里，如能坐下来，泡上一壶扬州名茶"绿杨春"，慢慢啜一口，清香满嘴，疲劳感顿时烟消云散，心身清爽极了。抬眼望去，天水之间，纤尘不染。此时，耳边好似隐约响起了从洞箫里传出来的丝丝优美音乐声，那是自二十四桥传来的吧？在凫庄，让人体会到的是多么美妙的境界啊。

我正饶有兴趣地沉浸在神游之中的时候，我们的车已真的来到了瘦西湖，停在南门外了。

走上"扬州好，第一是虹桥。杨柳绿齐三尺雨，樱桃红破一声箫，处处驻兰桡"的大虹桥，只见湖面上青嫩的荷叶与夹岸的鹅黄柳枝正点头向我们表示欢迎呢。大虹桥在明末初建的时候是木板桥，两边围着大红色的栏杆，"一字栏杆九曲红"，所以就起名叫红桥，后来虽改建为石砌拱桥，名字却保存了下来，又因桥洞好似彩虹临水，所以也叫虹桥，后为与小虹桥区分，被叫作大虹桥。脚踩着桥面，凝视着桥下荡漾的碧波，感受这清朝时候文人墨客"红桥修禊"的所在地，好似能看到王士禛、孔尚任们分别在这里与诗人们高谈阔论，饮酒作诗，留下一首首华美诗章。郑板桥、金农们豪气冲天，大胆蔑视陈规旧俗，纵意挥毫泼墨，创立大胆的书法、绘画风格。他们都以崭新的艺术风貌，站立在了永远的艺术殿堂上。

此时，我的心中一动，不打算进瘦西湖的大门了，只匆匆拍摄了几张照片，自我戏谑地说："照了相，留了影，就算来过了。"然后转头向林散之题写店名的扬州古籍书店走去。转几次弯，过几个路口，步入这家著名书店。在一部部线装古籍面前驻足，闻着那清醇的纸墨香气，心中一片澄明。一层楼一层楼转去，挑选几本自己喜欢的书，然后就登上了返程的车。

我在心里默默地说，瘦西湖啊，我就这样与你擦肩而过，我愿意就这样与你擦肩而过。

胡适故居行

　　超强台风"罗莎"刚过去,天还是阴得浓厚,我们从浙江来到了安徽。转了几个地方后,于10月11日下午从绩溪县城驱车向胡适故居奔去。

　　胡适故居上庄距县城三十九公里,汽车穿行在徽州的崇山峻岭中,尽管已是深秋,远山近草还是一片葱茏。弯曲的山路虽然已经拓宽,车走起来仍然比较困难,时上时下,猛然就会出现一个回旋式的大转弯,好似又转了回去。走着走着,突然一座壁立的翠绿竹山挡住了去路,慢慢转过去,才出现继续向前的路。依山势开辟出的一条条地块,恰似披上的绿绸带,这儿看不到大片的田地。路下始终紧随着溪水,山上多是松树和翠竹。打开车窗,空气清澈而透明,让人生出心旷神怡之感的同时,也有一阵阵寒意浸入心中。

　　路越来越难走,上庄也越来越近了。去上庄必定经过旺川,旺川是胡适的红颜知己曹诚英的家乡。尽管没有缘分与自己痴心爱着的人结合,但1923年他们在杭州烟霞洞仅仅同居了一个暑假,曹诚英竟终身没有再嫁。去世后要求将自己埋在旺川村东的公路边,祈盼着胡适归来,她要等待那一生一世的爱人。

　　一路上车辆不多,行人更少,总有一种冷清的感觉。车在上庄村边停下,我们步行向前。这是一个典型的徽州山村,处处粉墙黛瓦,户户雕梁画栋。秋收已过,不多的田畴也已收拾干净。群山环绕遮蔽了许多尘世的喧嚣,透出山村特有的宁静和恬淡,我们这些匆匆过客散乱的心绪慢慢收拢了。站在村头

风物抒怀 第二辑

小溪旁那棵巨大的银杏树下,我不由得轻叹一声:先生,我来拜谒您了! 走在青石条铺成的巷子里,我不由自主地将脚步放得很轻很轻,生怕惊扰了先生的沉思。路面都是石头铺成的,原始而古朴,但干干净净。走在上面,总感觉曲折的小巷深处,有一双深邃的眼睛穿越时空将我们细细打量。走过一条条逼仄的小巷,通往先生故居的小路九曲回肠,似乎总也走不到尽头。上庄村里的路每一条都很窄,但路边总伴随着排水的小沟,水潺潺地流着,清澈极了,干净得让人不敢相信。黑瓦下面的白墙上,一会儿就出现一块指示牌,告诉我们故居的方向。路这么曲折,难道不是寓意着先生一生的人生际遇吗?

来到故居门前,看到的仍然是窄窄的巷道,更让人惊讶的是大门口也是窄窄的,仅能容一人出入。大块门墙均为粉墙留白,石库门楼檐下两角以墨、赭两色绘以花鸟、戏文人物之类。传统、淡雅、朴实。极目远视,俨然一幅国画,体现了主人文化素养和审美情趣。

先生的故居是一座精致典雅的传统徽州民居,建于光绪二十三年(1897)。门前挂着黑底金字"胡适故居"的木牌,字是当代书法家沙孟海先生所题。正屋南向,为砖木结构,二进三间两厢,"回"字形通转楼。门面是二柱单门一楼式,上嵌砖雕、鸱吻。中间以天井为隔,前进堂挂着一幅画,两边的对联是钱君匋所书"身行万里半天下,眼高四海空无人"。堂中央放着一个长方形的祭台及八仙台和两把厚实靠背椅。东西分列茶几、靠背椅,壁间挂着直系亲属图表。西间是胡适和江冬秀结婚的新房,房内按原样原物摆设,有老式木床、桌椅等。后堂进深较浅,挂有胡适父亲铁花画像,东侧有胡适母亲冯顺娣照片。徽州民居"石雕、木雕、砖雕"的三大特点在这里得到完美的体现。无论是门前的石狮、廊檐下的砖镂还是室内的木质纹饰,都体现出徽派建筑的精细入微。

故居吸引人的地方还有那一间坐西朝东的书房。书房不大,约有7个平方米,是个长方形的木屋结构。书房里已不见藏书,只有一只旧的写字台、一把靠背椅。写字台上放着一个老式火油灯、一块砚台、一支毛笔及空笔筒等,墙上挂着两件草体字的条幅,小巧玲珑的书房呈现出宁静、幽雅的文化气息,是读书人、文化人等都会情不自禁地想在写字台前的椅子上坐一坐,拍照留影。

隔壁为展室,正面是优质汉白玉先生半身塑像,上方为胡适书写的"努力做徽骆驼",两边墙上是胡适和国内外名人交往的一张张照片,展示了胡适先生一生的主要经历。对面为另一展室,展出的是胡适家书手稿和部分著作,胡氏宗谱、名人字画,全家福照片,特别是对后代的详细介绍。

胡适在故居生活了九年,十四岁(1904)离开故乡到上海求"新学"。胡适的启蒙教育是在上庄故乡的私塾中。少年的胡适就爱看书,看小说。九岁时,他在四叔家东边小屋玩耍,在小屋后边的一间卧室发现了一本"两头都被老鼠咬坏了"的"小字木版的第五才子"书,他一口气就把这本《水浒传》残本读完。从此,他迷上了看小说,到处借读小说,和朋友交换、比赛看小说。读小说给了胡适很大的好处,帮助他把文章写通顺了。读大量白话小说,又使他得到初步的白话散文的训练。因此,他离开家乡到上海求学时,就能写很像样的文章了。而对于他后来的提倡白话文学和考证小说,也早早地种下了根苗。胡适获得的正式学位,是美国哥伦比亚大学哲学博士。而更令世人惊骇不已的,是他一生获得了三十五个荣誉博士学位头衔,并留下两千余万字的学术著述,这在世界学术史上,也是不多见的。

故居内最值得观赏的是屋子门窗上的精致木雕,屋里堂外的窗啊门啊都镂刻着栩栩如生的花卉,而且刀笔流畅,平底浮雕,又以清一色兰花为主题。十二扇落地隔扇门阴刻兰花,四块窗棂版刻兰花并题字,工艺娴熟,镂刻精细,栩栩如生。"兰为王者,香不与众草伍",满堂香溢,反映出主人的立世风格。这是高手胡国宾所作。胡适晚年作过一首题名《希望》的诗:"我从山中来,带着兰花草。种在小园里,希望花开好。一日望三回,看到花过时。急坏种花人,苞也无一个!眼见秋天到,移花供在家。朝朝频顾惜,夜夜不能忘。但愿花开早,能将夙愿偿。满庭花簇簇,开得许多香。"道出了他对自己心目中意象的兰花的思念之情。

前几年,胡适的大儿子也已经去世,留下的一个男孩生活在美国,据解说员讲,对故乡并没有多少感情,甚至连一句汉语都不会说,更从来没有回

来过。小儿子思想激进，坚决要求留在大陆，建设新国家，但被打成右派，失望之余，上吊自尽了。唯一的女儿，早就因病去世。看到关于他的后代的介绍，让人感到人生命运多舛，心里又掠过了一阵寒意，突然打了一个寒噤。

上庄之行就要结束了。踏上通往村外的公路，回首望去，先生的故居已经隐没在一片夕阳中。村边那棵高大的银杏树仍然静静地站在那里，有些落寞，有点孤独。由于背光，面目也有些模糊。

车快速向前驶去，我们再次经过旺川，曹诚英的墓寂静在路边，这位孤独了一生执着了一生的美丽女子，在向上庄瞩望呢，还是在向着山外瞭望呢，旺川、旺川，谐音望穿、望穿，你尽管已经望眼欲穿，但生前没有等到自己所爱的人回来，去世后你还在路边苦苦等待，这天长地久、生死暌隔的爱情，足以感天动地了。好在胡适也始终没有忘记她，感谢她曾陪他"看山看月，过神仙生活"，分别后"梦里总相忆，人道应该忘了，我如何忘得！"

毕竟是秋天了，打开的车窗会吹进一阵阵凉意。强台风已经过去，可我突然一阵恍惚，感到好似又刮起了大风，当面迎来的座座绿山，就像一个个绿色的浪头，向我们沉重地砸过来，砸过来……

红叶：昭示人格的火焰

10月21日上午，我们又到封山去看红叶。路边的田野已经收获完毕，显得空旷了许多。来到山下，抬头望去，看不到一片红叶的影子。山坡非常陡,几乎笔直着矗立在我们鼻梁前。上山的小路悬挂在上面,好似一条窄窄的飘带给人一种飘忽的玄幻感。

我们在当地人员的陪同下,向山上攀登起来。因刚才在路边看到了一个标着"东指"的路牌,我就好奇地问他这是什么意思。他告诉我说是个村子的名字,本来叫西指,百姓感到不吉利,后就改为东指了。他笑着说,这关系到刘秀的一个传说,当年刘秀被王莽穷追猛赶,逃到这里,一个正在耕地的老农用犁起的土把他掩埋进犁沟,追兵过来问时,老人装哑巴,向西边指了指,待追兵离去,老人赶紧从土里把刘秀扒出来,救了这位后来的大汉皇帝。此后,掩护过刘秀的地方就形成了犁掩沟村,老农指过的地方就叫了西指村——就是现在的东指村。我耳朵听着故事,眼睛往下瞅着脚底小心地踩稳每一步。路边嫣红色牵牛花在绿色叶蔓的引领下,吹着鲜艳的小喇叭,为我们鼓劲加油。时而跳出的一丛丛亮黄的山菊花好似一个个放射着柔和灯光的指示灯,提醒我们注意安全慢行。已经变成酱黄色的一串串软枣,好似一颗颗硕大的玛瑙,挂在大山的胸前,点缀着山野的美丽。落尽叶子的柿子树,枝头上站立着一盏盏小灯笼,放射出耀眼的橘黄光芒,似乎昭示着一种不屈的情怀。

来到半山腰,树木开始茂密起来,柏树的绿色随着季节的加深变得更加凝重起来。秋风习习吹来,一阵阵凉爽把我们登山的燥热和疲惫吹跑了,正喘一口气,朋友们喊起来:"红叶!"我们向右前方看去,天空的白云在悠闲地悬浮着,山坡上近处红绿相间,绿里渗红,恰像红色的染料正要流淌出来,饱满的声音正在哗哗酝酿着似的。远处则是一片火红,似窜动的火焰沉重地凝固在了这片斜斜的山坡上。此时,蓝天上的白云在慢慢移动,眼前绿树和红叶交相辉映,脚下褐色山坡与山下黄色大地对比着,一条小河弯曲地卧在那里,明净的河水,洁净的沙滩,构成一个和谐的画面。我们更加振奋起来,向那一大片火红的焰火奔去。

来到跟前,只见一根根傲骨倔强地立在贫瘠的山坡上,用脚紧紧地抓住山地。尽管没有一棵是笔直的,却站得稳稳地,在歪歪斜斜中生出的树枝向

四下里伸展着。这是一株株黄栌，在深秋即将来临的时候，拼尽一年的积蓄，昭显出自己的宣言。它长就一身傲气，从不羡慕山下肥沃的土地，稳稳立根在山岩中。春天来了不喜，炎热的夏天来了不怕，秋天来了更举起自己红色的旗帜，表明对生养自己的大地的一片深深痴情。冬天到来时，尽管全身裸露着，它会在寒风雨雪中顽强地傲立着，永不为淫威所屈服。据我所知，黄栌是一种落叶灌木，不知要经过多少年的考验才长成了眼前这一棵棵的小乔木。

伸手摘下一片红叶，只见直愣愣的叶柄倔强地挓挲着，叶脉凸起现出强烈的骨质来，一点也没有柔性。圆卵形叶片正面已是深红色，背面黄绿色正在继续变淡，红颜色正在越来越多地渗出来。

坐在红叶丛中的石块上，我又问起陪同我们来的工作人员，山的名字为什么这么奇怪。他脸色庄重起来，缓缓地说，这还是和刘秀有关，刘秀做了皇帝后，想起曾经救过自己的老人，就派手下人来寻找，结果老人不想见官府的人，更不想离开自己的家乡到京城去享受荣华富贵，于是就躲到了这座山上，由于官差找不到他，就想出了烧山的蠢办法，想逼出老人来好回京城交差，结果老人就是不出来，最后被活活烧死了，刘秀得知后，甚是感动，就对这座山进行了封表，后人就叫它封山了。

故事很老套，和介子推的传说几乎一模一样，一点也不新鲜。但我的心还是震颤起来，开始隐隐作痛，眼前的红叶在眼睛中模糊起来。一阵风吹来，满山的红叶摇动起来，难道烧山的大火又燃了起来？我使劲眨眨眼睛，火焰消失了，树叶仍是树叶，只是更加嫣红了。

向山下走去的时候，我总忍不住一次次回头，好像向一棵棵长满红叶的黄栌行注目礼似的。后来，红叶渐渐减少，绿叶又增多起来。最后，所有的红叶又都隐身在大山深处了。

几天过去了，那火红的黄栌叶总在眼前晃动，那倔强老人的身影也在大脑中越来越清晰起来，我们似乎能超越时空进行对话和交流了。

那种坐在红叶中接受炼狱洗礼的感觉会让心灵时时吹来一阵清凉的风，一种精神、一种情怀会明晰起来。

岱崮的崮

那天，几个朋友相约，驱车向岱崮奔去。岱崮的名字在我心中萦绕了多年，始终无缘一晤，今天就要目睹它的姿容，心情怎能不激动！沂蒙山区有七十二崮，这里集中了十八座之多，是沂蒙山区崮最多的地方，被称为天下第一崮乡。世界第五大地貌就是以这里命名的，就叫作岱崮地貌。要一睹喀斯特地貌中的崮这一独具特色的地貌，只能到沂蒙山区。但要想比较集中地领略各种崮的风貌，到岱崮应该是最好的选择，这里崮崮相挨，能用最短的时间看尽各种各样的崮。

崮，字典里的解释是："四周陡峭，顶上较平的山。"大自然的鬼斧神工简直其妙极了，天下的山有多种形态，怎么只是在沂蒙山区形成了这种带着平顶石冠的座座山峰呢？只要出了沂蒙山，在别的地方再也没有和这里重样的。

首先，你看那并肩而立的南北岱崮。这两座山峰，原叫望岱崮，传说在山顶能看见东岳泰山而得名，后被简称为岱崮。两座山形状非常相似，在海拔七百米左右的山顶上，都有一层二十多米高的岩层，四周陡峭好似用刀削出来的，而上面的平地上和下边的山坡上布满一层土壤，生长着茂密的绿树。这层光秃秃的岩石，好似大山裸露出的坚硬骨骼一样。面对南北岱崮，我产生了一种非常陈旧的联想，它就像大地母亲的一对丰满乳房，又像一对

埋葬先人的坟墓。从远古时代，它哺育了无数生命，也接收了无数生命。这里出土过剑齿象、巨鹿等化石，出土了新石器时代和大汶口文化人类居住遗址多处，有着丰厚的文化积淀。这两个比喻虽然不新鲜，但是准确的啊。我们站在梭子崮上，抓拍下了落日向南北岱崮之间坠落的优美照片。凝视着它，好似母亲胸前佩戴的项链上挂着的一颗硕大珍珠，显得美丽极了。

眼光向左前方看去，先看到一座山顶不甚规则的山，那是龙须崮，上边有一个较大的罅隙，好似龙嘴一般，而两边的悬崖峭壁向两下里蜿蜒曲折而去，恰似老龙的巨须，神似极了。在它边上，有一较低的山，山顶是倾斜的，又好似一个巨龟在向龙须崮昂首爬去，我问陪同人员这座山叫什么名字，他们说："不是山还是崮，就叫板崮。"我一下子恍然了："像像像，是像一块倾斜的木板。"

再向远处望去，一座山顶上竟然并排站立着两个独立的岩石层，一个上面是平的，另一个在上面又有一个小的岩层，我说："这太美了，一个山头上两个崮啊。"可是随行人员告诉我，这其实是相距较远的两座山，一个叫瓮崮，一个叫油篓崮，听了介绍，感到太形态逼真了。

我们决定攀登身后这座最近的梭子崮，它酷似织布机上的梭子，它右边紧挨着的石人崮，上边站立的石块好似十多个人站立着，也是惟妙惟肖。我们选择这个路线，能一举两得，同时看两座崮。

山坡上住着几户人家，房子和院墙全是用石块垒成的，在夕阳的照拂下，显得非常安静。偶尔能看到一两个人，在山坡上的田地里耐心地劳作着。已经切好的地瓜片紧密地摆在地上，洁白的瓜片白得耀眼，几个城里来的朋友站在那里与地瓜片合影。几只褐色的山羯羊在住户家门前拴着喂养，它们或站或卧，悠闲地嚼着地上的干草。

上山的过程，也是与各种动植物亲近的过程。一会儿是卑微地伏在地上的山菊花吸引我们驻了脚，可是前面的牵牛花又热情地吹响了火红的喇叭与我们打招呼了，摆出了热烈欢迎的架势，我们也不能太怠慢了，只好来到跟前，顺着绿线似的藤蔓继续向上前进。一会儿是一颗山枣举着彤红的果实向我们手里塞来,远处那高挂枝头的柿子又向我们点头致意了。一抬脚,好像踢起了一块石头,原来是惊起了不远处的一只野兔,它快速地跑向了远处。真不好意思,一不小心就惊动了这可爱的小精灵。在梭子头部,成群的灰喜鹊又在天空安然地飞翔着,有时潜落到低处,接着就又攀升起来。肯定又是我们打扰了它们安静的生活了。

梭子崮的梭子形状和在山下看到的并没有发生大的变化,只是好似放大了十多倍的样子。来到梭子头的部位,石崖险峻,高度离地面大概接近二十米的样子,找寻半天并无可以攀缘的地方,我们只好放弃登上去的计划。倒是石人崮上的石头已经没有了人的形貌,成了一块块壁立的高大石块。此时太阳正在南北岱崮之间落下,周围的云霞先是呈橘黄色,接着变成了金黄,好似倾倒下来被精心涂抹的金属溶液,一会儿又渗出了嫣红,太阳已经收起那耀眼的光芒,变成了一个油浸的大蛋黄。两座山峰的颜面逆光看去,有些模糊了。唯其如此,更显出了太阳和晚霞的美丽。南面的月亮也露出了半面银色的脸庞,随着我们脚步的前移,它时而在石人的头顶上,时而成了半块玉璧,正在被两块石头组成的大口吐出来,一会儿又像半块飞镜落在了石缝里。

站在高处,我们的视野中出现了更多的崮,那东北方向若隐若现的是拐子崮,另一个卧伏着长条形岩层的是卧龙崮,在山下看到的并立的瓮崮和油篓崮已经彻底分手,有时候甚至只能看到其中的一个了。这里的崮太多了,一个有鼻子有眼有耳朵,嘴巴也十分鲜明,布局比例合理的叫人头崮,那个站立着十块石头形神兼备的叫十人崮,那天桥崮、荷叶崮、蝙蝠崮、蝎子崮,千姿百态、形神兼备。这里真是群崮荟萃之地,是我国独有的宝贵自然遗产,是自然界千山万嶂中独具特色的山貌。

今年这个秋天,因为来到了岱崮,让生活更加充实,更加有了意义。

中山云雾

云雾就是这样突然出现在我们视野中的。

前一天的活动结束后,第二天一早我们就去攀登住所后面的山峰,本来是一次普通的登山,并没有打算看什么云雾的。但在上山的过程中,那么不经意地一转身,一抬眼,它们就把我们的目光拽过去了。

一来到佛教圣地中山寺所在地,我们的目光就不够用了。这里在鼎盛时期有僧人500余位。种植年代久远的槐、柏、银杏枝繁叶茂、遮天蔽日,挺拔的枝干上一个个硕大的绿色头颅在做着悠悠的历史的沉思。正当我们抬头凝神观望的时候,"嘎"的一声,一只鸟儿起飞了,带动起一群同样的鸟儿向远处更茂密的树叶深处飞去。我们的目光不断被拉长,也慢慢被引向了远处那墨绿的海洋。是我们的到来惊动了你们? 还是你们不屑于和我们这些凡夫俗子同伍? 路随着山势蜿蜒,小溪流水清澈地弹奏着一块块各种颜色的洁净石头,好似敲击着石磬,发出哗哗的音乐曲调。小鱼小虾们有了更广阔的舞台似的,忍不住在水中翩翩舞动起来。两边的岸在侧耳倾听,耳朵伸得很长很长的。我们也看直了眼,听顺了耳。山坡上,树隙间,一会儿牵牛花闪出殷红的脸庞向我们微笑,一会儿山菊花挥动着洁白的小手掌向着我们打招呼,一会儿苦菜花发出黄黄的哈哈笑声,一会儿蚊香草眨着紫色的小眼睛调皮地逗引我们。夏天是炎热的,我们来到的地方却是凉爽的。

在这舒适的环境里,我们的眼光被深深地吸引住,脚步不时地停下来,在花草树木间踯躅徘徊了。

哪里知道,昨天的兴奋还在持续高涨着的时候,今早云雾又来逗引我们了。开始,我们快步地向山上奔去,后面就有人跟不上了。我们只好回过头去照应他们一声,同时眺望一下远处的风景。某一次,我们突然发现,右前方的山坡铺上了一大片嫩黄色的布片。同行的人们纷纷说是阳光,可是向东方看去还没有太阳的影子。这片明媚的阳光,是通过什么路径到来的呢?远处的山脚下面不知何时横亘上了一根黑紫色的修长木杆,仔细一看,原来是新出现的云雾!它们的出现是这么出人意料,这么迅速,这么突然。左前方的一座山头上,也快速地猛然间就顶上了一块洁白的薄薄轻纱。透过轻纱,下面那山石、树木、绿草皆隐约能辨。东方的山丫间,太阳慢慢露出了红润的脸庞,并不断地升高。我们再看那先前有阳光的地方,整座山都已布满了阳光,原来那地方的颜色更深了,仔细辨认一下,那只是一片另一种颜色的树林啊,它们在阳光尚未到达的时候就是那么的阳光着。

阳光到来,把山叫醒了。山们开始睁眼、翻身、打哈欠,懒洋洋地起身,认真地梳妆打扮。但它们的打扮,是没有刻意准备化妆品的。好似一群朴素的山姑,顺手用身边的土生土长的东西就能做美容了。云雾就是这样被选中的,这座山伸手捏来一撮粉白的云雾在手心里匀开,慢慢地往脸上搽着,那脸上被施上了一些白净的粉底,香气好似马上要溢出来了。正在这时,另一位脖子系着黄白纱巾的山把她的胳膊一扯,这层香粉没有抹匀,下面那绿色的生机就仍然透露出来。又一位忍不住了,也快速地抓来一条银亮色丝绦缠在腰上,系扣下面还长长地垂下去一段,几乎到了脚面,这座山峰就显得更妩媚了。另一位突然用云雾把自己全部包裹了起来,是生气了?还是嫉妒了?不可能吧,大概又去睡懒觉了。

当我们攀登到第一座山峰的最高处时,一蓬萱草在山顶旺盛地碧绿着,大概时节的关系吧,只窜出了一个高高的花枝,枝头上只开出了一花朵。那鲜艳的花朵正悠闲自在地轻轻摆动着身姿,接收着天地的精华。抬头望天,

天上布满一层白色的云彩。东方太阳的周围云雾变成红霞了,它们镶嵌着金色的边饰,壮观美丽;只有西部的少许地方留出了蓝色的天幕,干净得让人不敢相信。上百只鸟儿突然出现在天空,向山腰盘旋着,翻飞着。站在这里,极目四望,女儿身的山峰还在不时地变换着服饰。而稍远的一座黑壮男子汉的山峰是坚决拒绝化妆的,正素面朝天地稳稳站在那里,显出对她们不屑一顾的样子。我们脚下不远处一个身材不高的瘦弱男孩似的山峰,却是一副惜香怜玉的样子,把主动来到自己身旁的金中透红的服饰向远处的姑娘们送去,她们还爱搭理不搭理的呢。有一座山峰好似一位老人,腰背有些佝偻,眼光散淡地看着这一切,任云起云落,雾浓雾淡,从容淡定,心如止水。远远的两座小山并肩靠在一起,你勾着我的肩,我揽着你的腰,似两个少年以云雾的目光一会儿瞅瞅这里,一会儿看看那里,眼光迷离,一派不省世事的懵懂的样子。

我们从这座山向另一座山走去,山顶与山顶之间的距离突然就变近了,地势也比上山时候平缓多了。这让我们的脚步变得轻快起来,眼睛也不用光看脚下了。在山顶抬头望天,天好似变得近了许多,伸手就能触摸到似的。随着太阳的升高,天上那层白色幕布已经不存在了,不知何时被阳光的剪碎了开来,最后竟慢慢变成了蓝色海洋上的一簇一簇、争涌而来的层层水浪,那哗哗的波涛撞击声隐约可闻,它们锲而不舍、持续不断地撞向下面的山头。宇宙好似颠倒了个儿,山在地下,水在天上。这是一种怎样的壮观美景啊,不身临其境,永远难以想象啊。

向山下走去时,小花小草也显出依依不舍的样子,不时地拉一下我们的裤脚,提醒我们不要忘记了它们。树们倒都显得沉稳多了,它们知道该来的还会来,所以只是以树叶的手掌轻轻拍着,送我们下山。云雾的热情却更加高涨起来,竟然扑面而来了,一缕缕洁白的雾拉扯着我们的衣角,殷殷挽留,邀约再来。近处的云雾是如此的殷勤,远处的也不甘寂寞,它们以颜色和形态的变化告诉我们,只要我们再来,还会有新的容颜展示给我们,还会有新的惊奇等待着我们。

夏天往往让人感到烦闷，这里却是让人感到心情舒畅的。

中山的云雾，是不经意地闯入我们目光中的，但最终竟然让我们的登山变成了对云雾的亲近和鉴赏，这是始料不及的，当然也是在情理之中的。

泉上

整个村庄都被纷披的翠竹笼罩了起来。我多次来到这里，总是在大老远的地方就忐忑起来，心里面有渴望、激动、震撼等复杂况味。据说这里过去叫泉上，后来规范的村名成了竹泉。现在的名字直截、直观、一览无余。和泉上相比，我总感到名字的改变失去了很多让人回味的东西。

地名已经表示，这里首先是有泉水的。铜井号称泉乡，有泉水多处，且在历史上名声很大。1947年阿英从鲁中来到这里后，激动地写下了《记"铜井"》一文，文中深情地写道："对于铜井的风物，我是如其取山，毋宁取水的。"详细地描绘了也就是清朝光绪年间改为"金波泉""玉液泉"的两眼泉。我一直对太阳社和左联时期就非常活跃的著名作家、文学理论家阿英心怀崇敬，认真拜读过他的一些文章。所以看到拨乱反正后的1981年6月百花文艺出版社出版的茅盾题写书名的《阿英散文选》后就从外地买回来，也就看到了这篇饱含感情的散文。这本书是阿英的小女儿钱小云和女婿吴泰昌选编的。后来自己也喜欢上文学，开始信笔涂鸦，在一些文学场合多次聆听吴泰昌先生的宏论，受益匪浅，所以连带地更喜欢阿英的文章，对铜井

也更有了感情。铜井除了有多处冷水泉外,还有著名的温泉。而因泉得名的泉上,泉水当然更不会是徒有虚名的。在一条矮矮的小岭上,有一块巨大的好似龙的石头,以腾飞的姿态向着岭下奔去。距离龙头不远的地方,就是汩汩的泉水了。那水晶莹澄澈,不停地向外涌流着。你伸出双手掬起一捧,吸入口中,有彻底的洗骨洗髓的感觉,人一下子精神起来,浑身充满了力量。泉水随形就势地向下流去,形成一条自自然然的小溪,蜿蜿蜒蜒,在村中自由地任意走动,一会儿来到这家的门口边以浓浓乡音和主人打着招呼,一会儿来到那家的牛栏旁调皮地与小牛犊低声絮语着、嬉戏着。看到一只羊,它就赶紧跑到羊的嘴边,让羊低下头咀嚼这流动的水晶,我都听到那嘎嘣嘎嘣的声音了,好似清脆香甜极了。看到一个端着衣盆的村姑,它像一个腼腆的小伙沉稳地走过来,先是映出姑娘那窈窕的身影,在她俯下身来的时候,才殷勤地把那漂亮的脸蛋送入姑娘的眼睑。村姑往往在洗完衣服后也不愿离去,会捧起水来撩向脸面,最后索性把那纤纤玉脚又放入了泉水中。

在离村庄还有一段距离的地方,我们就下车步行了。因为是早春天气,阳光有些发白,周围的土地、河滩、山岭全是赭黄色的。河水也还没有醒来,缺乏活泼明丽的姿态,只是面黄肌瘦地卧在河床中间,无精打采的样子。抬头看天,湛蓝的天空,散布着几缕洁白的云絮,显得非常洁净、高远。村庄却是充满绿色生机的。远远望去,简直就是一块成色极好的巨大的未经雕琢的翡翠,它大多地方都是翠绿的,只有少许房屋、土地从其中渗透出来,使这块美玉显示出人工还未到达的原始美来。我们空泛地赞叹着:"太美了,太美了。"脚步就飞快地向前迈去,想赶快钻入这块巨形玉石中。进入村子,好似进入的并不是村庄,而是一片竹海。我们畅游在这碧绿的海水中,不时触摸一下粗粗细细的竹竿,目光顺着笔直的绿色向上,平时僵硬酸痛的脖颈嘎巴嘎巴响起来,绿绿的空气更加顺畅地浸入肺腑,浑身的筋骨就都舒展开来了。仔细看去,在翠竹的枝叶间,有一些小鸟们安静地站在那里,不时地抬起眼皮向下瞅我们一眼,又安静地休憩了,真的是人来鸟不惊了。在鸟儿和竹叶的背景上,透出一块块温润莹洁的天空的碎片来,好似一块块羊脂玉的样子。而经过竹子的枝叶筛落到地上的阳光时常晃动着,为幽暗的竹林营造出金黄的梦幻般的氛围。竹林周围的那一溪流动的泉水,像为这块巨大的翡翠镶上了一道花边。更像是泠然有声地敲击着玉石,使寂静的境界显得更加幽静。

　　泉上有雨的时候就更美了,有一次我们就是冒雨来的,天空向下飘洒着凉爽的雨滴,空气显得更加清新了。来到泉边,只见白亮的雨丝从天空不断线地飘挂下来,在一片朦胧的意境里持续地点击着一泓泉水,发出韵律清纯的诗意叮咚声,酝酿出浓郁的画意。一阵风吹来,泉水上面的竹叶上的水滴也叮叮咚咚来敲击泉水了。直接落入泉水的雨滴发出的声音高一些,经过竹叶遮挡过的水滴落入泉水的声音低一些,它们合奏出高低错落的音乐一般的韵律。此时,你的灵魂好似和翠竹的灵魂、泉水的灵魂开始了知心的对话,什么尘世的烦扰、人生的得失,统统都不存在了,心中被过滤得一片澄明,感到浑身轻轻松松的了。我和一好友,向泉水更高处的小山岭步行而去,路两边的竹枝时时牵拉一下衣角,恋恋不舍的样子。我们脚步一停,竹叶上的水滴就唰唰落下一阵,淋到我们头上和衣服上,没有一点不适的感觉,倒是觉得通体舒泰。不知不觉间,我们的脚步就踏上了直径一米左右的磨盘了,原来是有心人把农村已经废弃不用的它们集中运来,铺设在这里形成了一条磨盘路。湿润的沙土地,显出柔软、糯和的黄。而用石英砂石精心琢磨錾就的圆盘呈现的是坚硬质地的白。两边的竹林挺拔茂密,在雨水的浸润下,本来的翠绿显得更加饱满了,好似随时都会流淌下来,把山岭的表面覆盖起来,堆叠出一座比原来的山岭更加密实、更加高耸的翠绿山峰来。

　　泉上有村庄,泉上有翠竹,泉上有高远阔大的天空,更有比天空还要高远阔大的人的心灵世界啊。

南阳岛上

来到微山，朋友们热情地陪同我们去了南阳岛。它的得名来源于战国时期齐国的南阳邑，有相当悠久的历史，颇具沧海桑田的意味。作为古运河上的四大名镇之一，南阳闻名远近。因明清时期黄河多次决溢，大多陆地被淹没水下，形成南阳湖，这才突兀出了南阳岛。眼前水波浩渺，大小船只来来往往。在和煦的秋风中，一处处老荷劲挺在水面上，让人可以想见荷花盛开时的美好景象。岛上绿树高低错落，房屋参差排列。尚未上岸，已让人对这片江北水乡充满了神往之情。

我们乘船先来到了镇里新建的集会议、餐饮于一体的高档会馆南阳水苑，亓主任、朱会长、刘主席、种主任、殷老师、孔老师等陪我们先就餐，镇里的领导、县里的领导听说了也先后过来陪同、敬酒，热情欢迎我们到来，并介绍了南阳岛的有关情况。它东西长三千五百米，南北宽在三五百米之间，地形就像一只横卧在南阳湖中的琵琶。使我们有了一个总体的轮廓。

弃船上岸，我们就进入了一条青石板铺路的步行街，街道不宽，店铺林立。门前的台阶也全部由石块垒砌而成，简洁而又古朴。两边的建筑青砖灰瓦，厦檐突出，檐牙高翘。步行在这古色古香的街道上，看着"张家烧饼铺"的幌子，"乾隆御宴房"的招牌，尽管我们刚刚吃完午饭，但还是想走进去品尝一番。仔细品读着建筑物上的"言微行高""守正"等一块块匾额，能感受到浓郁的文化氛围,还能受到一次心灵的洗礼。

来到京杭大运河的古运河畔,石砌路面变得宽阔起来。运河两岸民居面河而建,依河随势,构思巧妙、天人合一。河边垂柳依依,枝条努力向水中探去,在水中留下婀娜的倩影,显得更加水灵灵的了。两岸行人稀少,清清河水静静地流淌着。我心顿时安静下来,尘世的俗虑不知跑到哪里去了。

这条河原为古泗水,先是金章宗明昌五年(1194)发生了黄河决口注泗入淮事件,元至元二十年(1283)开始把纵贯南阳的古泗河改造成了南阳段运河,元至顺二年(1331)建起南阳闸,后来在明洪武元年(1368)徐达进行了人为的引黄入淮使泗河运道更加顺畅起来,南阳开始逐渐发展成了商埠重镇。但是由于黄河多次泛滥,造成运河的运道淤堵。由于"漕河重务,军国之大计,生民之命脉系焉",从明隆庆年间开始又进行了开凿新河,并历经多次疏浚,确保了京杭大运河中部的畅通无阻。从元末至明清,作为商埠码头的南阳镇商贾云集,非常繁荣。走在今天已经非常安静的古运河岸边,能想见从早到晚河中樯桅林立,篷帆蔽日的那种繁华景象。看着明隆庆年间修建的新河神庙遗址上龙头碑残石,明代徐渊撰写的《新河神庙碑记》存留石碑,重达十吨的驼碑赑屃,我突然想到了南阳岛的琵琶形状,并一下子把古运河想象成了就是南阳岛这只琵琶上的弦子。恍惚中,我似乎看到古往今来人们在上面弹奏出的几多烟柳繁华、更替兴衰……

经济的繁荣,也带来了文化的发展。岛上的居民历来崇尚忠厚传家、诗书继世,人才辈出,以文行知名的人物可以一一数来。几本县志中时常出现"士林翘楚蜚声黉序者""秀越""一门之彬雅""雅士"之类的人物。同时喜欢结交,待客热情,以此闻名远近的也被记载下来了多人,志书中多有"好接纳""好客"之类的赞语。

我们最后来到的是原建于乾隆三十七年(1722)近年重建今名"南阳阁"的文昌阁,原来是南阳镇藏书和供奉"文昌帝君"的地方。文昌本是星名,又名文曲星,古人认为是主持文运功名的星宿,所以在民间被尊奉为神受到供奉。在我的印象里,凡是历史上经济文化繁荣之地都有文昌阁这

第二辑 风物抒怀

种建筑。作为文章司命的文昌神像,是会经常受到读书人的拜祭的,这说明古人并没有光知道削尖脑袋钻到钱眼里去,在重利的同时更注重倡导读书学习。我们随着陪同人员走了进去,里面已经没有文昌帝君的踪影,却布置成了南阳古镇历史文化民俗的展览馆。里面既有渔家过去的打鱼用具,也有居民的生活用品,有木雕石雕作品,也有书法绘画卷轴,有古碑残石,也有宣纸拓片。文化站长热情地介绍着,看得出来这是一个非常热心于自己的工作的敬业者。国学深厚的书法家朱思明先生也不时地评点几幅书画作品,介绍一些建筑知识,使我们的游程充满文化气息。

告别青石街巷,告别黑砖黛瓦,我们依依回头、恋恋不舍地从这里登船离去。我想,有朝一日,若时间充裕,我会在这岛上住上一夜,甚至到随风轻轻摇曳在湖水中的小船上住上一夜,听水鸟夜鸣,闻鱼虾喋唼,捞水中菱角,抚田田莲叶,看满天星斗,亲水中月亮……

思量微子

登上微山岛的最高点,就是微子墓了。因这里埋葬着被孔子誉为"三仁"之一的微子,此山因而被称为微山,而后微山县和微山湖的称谓也都由此来源。微子墓主建筑有正殿,偏殿,碑亭等。正殿内雕梁画栋,古朴典雅。微子塑像栩栩如生,两边对联"施仁布德垂范青史撼天震地泽万代,延嗣续殷功勋卓著兄终弟及扬祖风",很好地概括了微子的一生和后人尊崇他的原因。微子墓呈圆形,墓上翠柏丛丛,滴翠凝绿。

这里又被称为凤凰台,民间是这么叫的,官方也有这种说法。这种叫法由来已久,清代李含蕊在微子墓碑文中记载说:"其绝顶有凤凰台。……而微子实踞其台而墓焉。"我觉得,这个称谓中体现着对微子的尊崇。《山海经·图赞》说凤凰有五种像字纹:"首文曰德,翼文曰顺,背文曰义,腹文曰信,膺文曰仁。"民间也传说,凤凰非竹实不食,非梧桐不栖,非醴泉不饮。历来,凤凰就是品格高洁的象征。凤凰择木而栖,也成了贤才择主的比喻。同时,古人以凤凰的五种行止标志政治上的清明程度,因而凤凰又成了盛世太平的象征。所以,把微子墓叫作凤凰台,其实是包含了很多种文化信息的。

真实的微子到底是一个什么样的人物呢?据记载:微子,子姓,名启,世称微子、微子启。他是商王帝乙的长子,纣王的庶兄,宋国开国远祖。微子固然是贤才,可对腐败的社会,对昏庸的统治者,也就只能一谏再谏。可是结果呢,暴君纣王不但听不进去,还自以为是地斥责他道:"我生不有命在天乎?是何能为!"微子夙夜忧国,痛苦欲死。太师若他说:"今诚得治国,国治身死不恨。为死,终不得治,不如去。"才满腔悲愤满含热泪恋恋不舍地离开了。更主要的是,在家亡国破相继来临的情况下,为了延续殷商之祀,他还得忍辱负重,对占领了自己家园的敌对的统治者,在地上爬行着表示忠心臣服。这样看来,微子也就是一个普普通通的臣子罢了。

可是,微子为什么受尊崇的地位越来越高了呢?面对着已被重点保护起来的匡衡题字的"殷微子墓"石碑,我想历史经常是被权势者任意打扮着的,在我们中国尤其如此。在污秽的社会里,微子能洁身自好,大胆建言。不被采纳,也绝不助纣为虐。肉袒面缚,膝行投降新兴贤明君主周武王。统治者觉得他能进言尽责,又从不萌生反叛之心,十分有利于自己的统治。统治者需要的就是这样的人物,所以会予以大力褒奖。同时,微子能大胆指责时政,呼吁统治着革除弊端,这符合老百姓盼望政治清明、生活安定的理想,所以会受到百姓的拥戴,"微子故能仁贤,乃代武庚,故殷之余民甚戴爱之"(《史记·宋微子世家》)。在统治理念和民间崇拜的共谋下,微子成了一个

理想的值得奉祀的历史人物。

在当时，殷纣王残暴无道，穷奢极欲，导致国势日衰。可是，我们看到的是，阿谀奉承、高唱赞歌大行其道。因为谁敢直言，就会有杀身之祸。在这种情况下，有谁能勇敢地站立起来匡正时弊，冒死挽救、支撑即将倾圮的大厦呢？仅有微子、箕子、比干等几个孤独的身影。所以纣王才能为所欲为。微子尽心尽力操劳国事，没有得到昏君纣王的首肯，更没有得到同僚们的支持。得到的下场却是悲愤去国，流离失所。更可怕的是，一个连死都不怕的人，在祖宗社稷发生重大变故的情况下，又得担负起另一种保护后裔、传宗接代的使命，竟然得向打败自己国家的人俯首称臣，屈辱地活下去。千年之下，谁又能体会到在末世他感时忧国的心灵痛苦呢？谁又能体会到他忍受人生命运颠沛流离后的人格屈辱和痛苦呢？

在微子之后的历朝历代，残暴昏庸的统治者又出现了无数位，像微子一样尽忠竭力的大臣也层出不穷。这个怪圈一直在重复着，重叠着。我想，统治者与其花费大的力气去精心褒奖微子，以此来哄骗臣子，麻醉百姓，还不如反躬自省，听取逆言，弃欲存理，革除弊端，以达到风清气正，国富民强。

什么时候，统治者不再大力褒扬微子了，百姓永远不再怀念微子了，才说明社会有了进步，有了希望，真正离政治清明，社会和谐不远了。

站在微山岛的最高峰放眼望去，哪里能见到凤凰的影子？四面只有浩渺水波在不停地涌动着，一切的一切都处在云气氤氲的不清晰状态之中……

第三辑

人物印象

　　现在，秋天又来临了，我所在的单位前边的河流中水莲花正在静静地开放，看着它们，我就想起了教过我的那一位位恩师，洁白的水莲花散发出的清香也在我心灵深处弥漫开来……

水莛开花淡淡香

夏末秋初,淡雅洁白的水莛花又开放了。我仔细地嗅着,就闻到了那一丝丝细细的香味。水莛这种植物,没有特别引人注目的地方。甚至你稍不用心,就根本不会注意到它的存在,更难体会到它的香味了。不过,我是永远也忘不了这种水草的清香的。

年轻的时候,我在我们县的第五中学读书。学校在著名的孟良崮东南方的一个低矮的小岭上,校园后边有一条当地人叫作倒流河的小溪。叫倒流河,是因为它的水是向着西边淌去的。就在那清澈的溪水中,这儿一丛、那儿一片,散落地生长着一种叫水莛的植物。它们或在水中,或在溪边默默地站着,静静地闪现着自己的生命之光。

我1975年进入五中初中部学习,那时墙上有很多大字报,到处弥漫着骚动不安的气氛。我学习也是不怎么认真的,不过考试的时候还是常考第一名。其他同学大都不注重学习,所以我就有点突出了。那时我们每天早晨都背着粪筐,拾着粪到学校去。有老师在专门收集,谁交上的粪多谁就是好学生。平时还经常停课,到工地上改河,修路,造地。我却感到很有趣,就干得很欢,直到手上磨出茧子。但是,对我打击很大的两件事同时来了。一是我作为学习委员,第一次发展团员没有我的份儿;二是紧接着我看到给我填的操行评语中说我在反击右倾翻案风中比较积极,而其他同学的都是非常积极。当时，我的心嘎巴一声就凉了。迷迷瞪瞪地跑到倒流河边，难过地想这一辈子算是彻底完了。我在河边白杨树下走着，下意识地用手拽着水草，一掇一掇的。被我掇下的，大多是水荭，它们还没有开花，只是秆上透出紫红色来。后来，心情还是渐渐平静下来。不过，我对学习就不再怎么用功了。一天，教我们数学的朱建菊老师把我叫到数学组。那时，她好像还不到三十岁的样子，穿着很朴素，手中的大圆规拄在她办公的桌面上，平静地看着我，用低沉缓慢地语调说道："你的学习成绩下降了。这样下去是不行的。有些事要想得开一些，不要太在乎了。你要记住一点，好好学习以后会有用的。"我心中很不平静，就不自觉地又走出学校的南大门，向河边走去。此时，夕阳正在西山上熔化着晚霞，清清的河水向西边缓缓地流动着。水面上，浮光耀金，明丽闪烁。突然，我发现一株株水荭的顶部，开出了细碎的洁白小花。映着夕阳的反光，在微风的轻抚下，它们婀娜多姿，翩翩起舞，花朵中散发出的香味断断续续地飘过来。我的心中逐渐澄明，此后又努力起来，学习成绩又逐渐变好了，劳动也不落后。偶尔一懈怠，朱老师就会再次把我叫到办公室，圆规拄着桌面，用柔和的眼光看着我，慢慢说道："别忘了，学好知识今后绝对有用。"在新时期到来的时候，我终于加入了团组织，并以优异的成绩毕业。

在1977年的高中招生考试中，我是以全公社第一名的成绩考入这所学校的高中部的。入校后，很是有点骄傲的。这时教我们数学的是班主任尹作彬老师。他瘦高的个子，笔直的短发，炯炯发光的眼睛盯着我："入学考试成绩不错，怎么这次在一个班里都考了第九名，怎么回事，嗯？"他把我狠狠地批评了一顿，使我猛然警醒。有时自习课上，他会踱着步子，到教室里给我们读当时很有名的文章《手持金钥匙的人们》，接着再读中国科技大学少年班的小天才们的事迹，读李四光、华罗庚、陈景润……一直读得我们意气风发，热血沸腾。此时，他常会说道："好好学，记住这句话：平时多流汗，战时少流血。"我们都拼命地学习起来，想今后就当科学家了。多少次，在河边的小树林里，我和同学们面对着茂盛的水荭，拼命地苦读着，夏天的中

午都从不休息。某一天,招飞行员的通知下来了,尹老师发动我们积极应征,我没有报名,他把我叫出来:"说说,怎么没有报名?""不想。""为什么?""我要当科学家。""来来来。"在数学组里,我最终被他的报国道理说服。可惜的是,体检时因腿上的一个疤被剔出来。我跟着医生反复解释,医生就是没放我过关。当时头脑好使,学习起来感到很轻松。尹老师号召我们在闲空里读读《新华字典》和《汉语成语小词典》,他说:"每天读一页,坚持下去,会终身受用。"我认真读过,但没有坚持下去。不过,就是现在,我还清楚地记着他的话,在工作的空隙里,会拿过一本字典或词典,翻一翻,确如尹老师所说,受益匪浅。

现在,秋天又来临了,我所在的单位前边的河流中水葒花正在静静地开放,看着它们,我就想起了教过我的那一个个的恩师,洁白的水葒花散发出的清香也在我心灵深处弥漫开来……

汶河无语东流去

汶河岸边的东贯头村是王普的故乡。

汶河河水中的鹅卵石上长满青苔,小鱼成群追逐,河虾在清凌凌的水中嬉戏跳跃,螃蟹旁若无人地从自己的小小洞穴里出来进去,河蚌在静若绸缎的浅水里留下一道道移动自身时消除不了的细小沟痕。两岸风景美丽,牛羊在安静地在吃草,小鸟鸣叫声不绝于耳,村姑洗衣的棒槌一声声敲击着,河边显得更加清幽。

汶河水日夜不息地流淌,夏天丰盈起来了,也仍然处于漫步状态,从来没有狂躁地咆哮奔腾过;冬天它变得有些瘦弱,还是一种从容沉稳的姿态。河水东流而去,水中的石头倔强地坚守着,流动的河水与水中的石块完美地诠释着一种关系。

2009年夏,王普之子王沂光夫妇回访家乡,我因陪同来到东贯头村,进一步了解了王普的有关情况。村里也在多年后与王普家人有了联系,年迈的老人颤巍巍地拉着王沂光夫妇的手,详细论说着家族辈分,亲切称呼着祖孙叔侄。村边流淌的汶河水,也好似在悄悄地诉说着河边发生的悲欢离合、聚聚散散……

多年来我一直在汶河岸边辗转,曾有缘在依汶镇待过几年。由于很小的时候就知道汶河岸边的依汶镇东贯头村是蜚声海内外的著名物理学家王普的故乡,平时也就注意追寻王普的踪迹,想深入了解一下他的人生阅历和科研成就,可是由于王普很小就离开了家乡,很难联系上王普家人,所以直到这次王沂光夫妇回来才真正知道了王普的有关详情。

和缓清凉的汶河水滋润着王普的梦想,编织着他人生的锦缎。他1902年出生在东贯头村,在这淙淙流淌的汶河岸边度过了他人生的初始阶段。1922年考入北京大学预科,1924年升入北大本科物理系,毕业后到中央研究院等单位工作,1935年考取公费生赴德国柏林大学随导师飞利浦在威廉皇家科学院达莱姆化学研究所研究核物理,1938年获得博士学位。此后,他转赴美国华盛顿卡内基学院研究核物理,在1939年因最早发现铀和钍原子核分裂时放出的缓发中子而扬名学界。他的这一发现,为核反应堆的建造及原子能的和平利用铺平了道路。他是我国最早从事原子核分裂研究并取得了重大成果的学者。1939年秋,他回到北平,受聘为燕京大学和辅仁大学教授。1946年山东大学在青岛复校,他立即返回山大,与水去进行亲密接触了。1947年秋,他应聘到美国国家标准局研究核物理学,后又在杜克大学、凡德比尔特大学等做教学研究工作。1956年8月他借赴欧洲参加学术会议

名义在我国驻荷兰使馆的协助下绕道苏联辗转回到了祖国。在北京,中国科学院物理研究所所长钱三强热情接待了他。不久,他坚持又回到了仍设在青岛的山东大学。

河水清澈,不断洁净着灵魂。《周易·说卦》中说:"润万物者莫润乎水。"人体中水分所占比例极大,内部的水流在不停地奔袭着,让人自然而然产生了一种亲近水的天性。我曾多次遐想过,出生在汶河边的王普喜欢清澈的水,他骨子里奔流着的水系有着汶河水流的积淀。孔子说"知者乐水",是与水天然亲近的性情让王普回到了水边。后来,山东大学迁回济南,王普也回到了泉城,仍然能与水亲近着。反右、"大跃进"一次次冲击着他的时候,身患严重心脏病、高血压的他"文革"中被隔离审查,受到残酷迫害,于1969年1月15日含冤去世的时候,家乡汶河在他汁液充盈的思想和恍惚的梦幻中肯定是缓缓地流淌着的。

作为现代中国早期的著名物理学家,王普应该是能成为国家重大核物理科技工程建设功勋行列中重要成员的。当然,历史是不能假设的。那时候狷介耿直的他执意要回到当时设在青岛的山东大学,他的导师着急地口不择言:"你回……就毁了!"他默默地固守己见,还是回到了有水的地方。以后的事实是,王普后来仅在山东大学开设了近代物理课程,没能参与到国家的重大核物理科技工程。就是他准备建立的研究宇宙射线中不稳定粒子的核乳胶实验室也被激荡的政治浪潮搁浅。

时光如水一般流逝,王普也逐渐被淡忘着……

当年,幼小的王普顺着滔滔汶河向远处走去的时候,是不是就注定了他这一生会淡定地接受着时代河流的滋养和冲击。人间的烟火会浸入安静的心事,王普的一生充满了错失与遗憾,一定是水的滋润保留了他人性中的柔韧和平展、干净和坦然。

我转头再次望向汶河,分明看到了河水中那充满硬度的一块块石头,那是汶河的骨骼。恍惚之间,我又想那也应该是王普人生的锚,固定了他与水、与家乡的关系。

王沂光夫妇的寻根之行虽然结束了,我想汶河的流水也会在他们的心灵中长久流淌的。

你最美的时候,遇见了我

那次,我一抬头,就看到了你。

我始终觉得,在你最美的时候,遇见了我。这是我永远最值得回味的事情。我现在都还处于一种懵懂之中,难道是一种电光石火的迸射,就在那一刻,我爱上了你。爱,当然绝对不是一厢情愿的事情。那是一种心心相印的心灵感应,是两个人猝然相遇后的相知相慰,是一种和谐美满的缘分。我们的相处,时光短暂,但正因为如此,更让我们感到无比珍贵。

那时,我经常加班加点,非常疲惫,更主要的是心中有一种不堪的感觉。

当你出现在我眼前的时刻,你是那么安详,那么文静,令我的精神为之一振。

我不自觉地贪婪起来,紧紧地盯着你,只见那暗黑中好似出现了一股神奇的力量,你薄薄地、一片片地出现了,开始好似堆堆透明的白雾,逐渐白中透亮起来,小心地浮在那里。仔细看去,你怎么就变了呢,在逐渐扩大自己,成了一大块一大块的白色鱼鳞。让身后那洁净的背景一衬,显得更加姣美起来,你那奶洗过似的身后忽然更加亮了,你变得点上胭脂了,红润润的。你正处在年轻的时候,最容易羞涩,你的脸越来越红。哦,是让太阳瞅破了

第三辑
人物印象

心事吧,你不好意思了。

夕阳慢慢靠近西山了,你又一次出现了,那条黑色棉絮似的细细的,是你的独角辫子吧?是的,你的头一晃它就摇动了,显得那么有风致。那几朵白丝条般的被涂上了一层金光,是你的臂膀吗?太阳越是下落,你受到的阳光越多,好像成了发生了精美窑变的瓷器,一块儿火红,一块儿亮紫,一块儿金黄,神奇无比。但这个比喻又是极为不确切的,发生窑变的瓷器颜色固定了,是呆板的,看的时间久了,就出现了眼疲劳,也就是审美疲劳,让人感到也就没有多少回味的余地了,我并没有感到刮风,你的姿态却在慢慢地变化着,有些部位更加苗条起来,好似新采摘的棉絮被爱抚着,拉扯着,有些地方变得丰满起来,由洁白变成了亮灰,有的在变薄,由淡紫变成了橘红。你披散着的头发忽然飘逸起来,在淡青色的天空衬托下,变成了一块水滑的绸缎,缓缓地飘动起来,竟似找不到安身的地方了。我正为你的身世遭遇担心呢,正想向前安慰你几句,你却不亢不卑地躲开了,我的眼前已经不见了你。我曾说过,我们和任何生命一样,都应好好活着。我们尽管不能朝夕相处,长久地在一起,但我们毕竟能经常见面,逐渐神交起来,你给我心灵的慰藉,我给你以开导和抚慰,我们度过了那么一段美好的时光。一次见面后,我们马上盼着再次相会。因为只要见了面,我们的幸福时光就开始了。我常想,这么美的时光里让我遇见,这岂不是我一生的福分!我又怎能不深深地爱上你?

很多时候,人是心不由己的,我盼你时时刻刻出现在我的视野里。但这根本是不可能的,很多时候,你会躲避着我,不让我看到你的容颜。即使是见不到你,你也会时时出现在我的心中。你那美丽婀娜的身影,你那光洁美丽的脸庞,你那曾经深情的眼神,总会璀璨在我的脑海里,成为一片片幸福的灼伤疤痕罢了。

在水泥构筑的森林里,在压抑晦暗的废气遍布的小城里,遮挡目光的障碍是更多了,所以我就更难见到你了。

——其实不是你躲到哪里去了,我们离得很近很近,你可能担心混凝土的建筑太冷硬了，污浊的空气太压抑人了，不让我看到清晰的面容就是了。对于我来说，对你是一片痴心永不改的，你是永远存在于我的一生的生命之中的。你怎么能躲得开呢？经常地，我偶一抬头，不经意间就看到了你，只是一瞬间，你就与我错肩而过，倏忽地从我眼前消失了。

我想大声高喊着告诉过往的行人，你是我永远的深爱的美丽女孩。

你是否还记得那一方月光

月亮升起来了，圆圆的，红红的，那橘红色好似你那羞涩的脸儿上的红晕一般，这时，我总会站在窗前，对着天地间的一片孤寂，想咫尺的你此时还会想起我们曾经共同拥有的那片月光吗？你是否也会和我一样深情地凝视着远远近近的。

那时，月亮已经升上晴空，来到了那几株白杨树的枝叶间。一阵风儿吹来，树叶发出沙沙的响声。这些深绿色的叶子好似变成了黑色的，左遮一下右挡一下，月光照进房中时，就变成斑斑驳驳的。我们安静地站在窗玻璃前，长久地望着它，好像我们的心被打动了。慢慢地，它攀上了树梢，没有了参照物，好似是有意放慢了脚步的样子，天地间白晃晃地变成一片晶莹了，那柔和清澈的光辉洒遍了人间。楼前高大的杨树，墙角那不规则的几丛花儿，低矮平房那片片瓦儿，田野和远处的河流小山，全都蒙在了一望无际的薄薄的轻纱里，显得缥缈、绮丽，好似羞涩的少女面上那透明的面纱。窗内的地上，一块方方的黄亮移动着，涂抹着，使这小小的空间里充满了暖意。

你慢慢转过头来，眼光好似迷离起来，陷入深深的一种陶醉里了。我们谁也不出声，就这样静静地并肩站在那里，有时会默契地伸出手来拉在一起。你会偶尔转过头来，默默地面向我。在室内月光的辉映下，我发现你的眼睛变得明亮起来，清澈纯洁，一尘不染。你轻轻舒出一口气，慢声细语地说，我会永远记得这安静的夜晚，这美好的月光。

在这明亮的月亮下，我们闻到的空气是甘美的，窗外煦煦吹着的和风中飘起的一丝丝花香透过窗缝钻了进来，一种使人发软的力量在大地的睡眠当中流过。此时天空更加暗蓝起来，月光更加明亮，我们抬眼望去，平时那密布的满天的繁星大都躲藏了起来，不，它们也在这美丽映照和抚慰下闭上眼睛熟睡去了。我看到还有两颗星星在前方上空的天幕上亮着，那黄色的眸子，是天空中仙女的眼睛吧，她在羡慕地盯着我们，使劲地看着，偶尔眨巴一下，就又瞪圆了，她在心中反复地设想自己意中人的模样呢，在念叨他此时在哪里呢。

以后的多少个夜晚，我伫立窗口，望着那已经睡去的道路、楼房，想你若是也站在窗台前的话，我们看到的应是同一方向的月光了。有时，天空飘过几片孤零零的白云，月光被轻轻遮挡一下，光线就好似飘动起来，有了流水的感觉，难道那是月亮流下的串串泪水？它想起了自己的身世？它真的在怜悯我们吗？这些清凉而温柔的泪水，慢慢地流到树梢上、窗台上、地面上。过了一会儿，它逐渐平静下来，伸出手，扯过一片柔软的白色云朵，擦拭起自己的眼睛和面庞来。它掩住眼睛的伤心神态，让人不忍心看下去了。我心中掠起一阵凉意，再也不忍心看下去了，只好转身离开了。

多少日月过去了，我们不曾再站立在一处，共同伫望那铜镜似的月亮了，那青烟一般缥缈的月辉了。它只是寂静地挂在那里，寂寞地向下倾泻着清冷的光辉，它倾泻在依然横亘在那里的河面上，河水变成了琉璃的世界，月亮的脸儿在水中浸洗着，显得更加洁净了，由于河水的流动，它又好似在瑟缩着，在哽咽地呼吸着，它是因为见不到过去的人难过吗？它倾泻在白杨树上，树叶上载着银色的光华，可那同时被烘托出来的浓厚黑黑身影显得分外浓，好像更加沉重了似的，给人一种压抑感。它倾泻在大地上，大地变得灰白起来，偶尔一只不安静的小动物会快速地蹿过，白茫茫的淡光被冲开一个洞隙，然后又慢慢弥合起来，大地更加安静了，楼房的影子更加深黑了。

你若还能记得起那一方月光，就多在月夜里到窗口看看吧，我相信，在你的注视下，它会变得分明清晰起来，被映照着的一切，也都会充满生气，变得活生生的了。

第四辑

节俗映像

过门笺子作为中华民族独特的亮丽风景线,作为一种年节文化现象,在中国人中间流传甚广,生生不息。直至今日,仍然一直飘扬在华夏大地上,飘扬在世界华人心目中。

打春

记得母亲是管"立春"叫作"打春"的。立春快到来的时候,她会多次念叨:"快打春了啊。""春打六九头,七九、八九就使牛。""打春一年端,种地早盘算。"其实,在我的故乡,上一辈人都把"立春"叫作"打春"。那时,听到母亲的念叨,我总是对着日历,和母亲争论一番:"日历上叫立春,你为什么叫打春呢?"母亲说不出什么道理来,她只是告诉我,从来就这么叫,不知是多少辈人传下来的。那个时候,我竟还无知地觉得,可能是多少辈人都弄错了呢。

逐渐长大,书就读得略多一点。知道中国是一个农业大国,自古以来人们就非常重视农历,《诗经·豳风·七月》就详细记录了有关的季节和一系列农事。而立春标志着春天的开始,是春季的第一个节气,对于一年的农业生产来说很关键,自古以来人们重视立春也就在情理之中了。我也开始很想把"立春""打春"的来历弄清楚,于是从此就留心起来。

我发现,最早的时候,立春到来是要举行隆重的国家祀典级别的迎春节俗活动的。先秦文献有清楚的记载,《礼记·月令·孟春之月》说:"立春之日,天子亲率三公九卿、诸侯大夫以迎春于东郊……"宋代高承《事物纪原》断定说:"周公始制立春土牛,盖出土牛以示农耕早晚。"《事物纪原》十卷,分五十五部排列,专记事物原始之来历,共记录了1765件事。此书"自博弈嬉戏之微,鱼虫飞走之类,无不考其所自来"。但这毕竟是宋代人追记许多代前的关于周公的记述,是大可以存疑的。正史有明确记载始自汉代,这时文献中才最早出现了青帝句芒、土牛耕人等。《后汉书·祭祀志》说:"立春之日,迎春人于东郊,祭青帝句芒。"《后汉书·礼仪志上》也说:"立春之日,夜漏未尽五刻,京师百官皆衣青衣,郡国县道官下至斗令史皆服青帻、立春幡,施土牛耕人于门外以示兆民。"

有关资料中的句芒是少昊氏之子,也被称为芒神。民间有一个传说,立春前他率众翻土犁田,可闲了一冬的老牛仍然在慵懒状态,于是他便用泥土制成土牛,然后挥鞭对之抽打,老牛受惊,马上下地耕田去了。此后,句芒被尊奉为专管督促农耕的神祇。在后来的鞭春牛之俗中,他又充当了那执策鞭打牛的角色。

传说毕竟是传说,其实"打春牛"一词最早出现在唐代卢肇《滴连州书春牛榜子》诗中:"不得职田饥欲死,儿依何事打春牛。"但关于春牛的形制、颜色和如何鞭打等,宋代才开始有了详细记载。那时候,曾由官方颁布了一部《土牛经》,宋邱光庭《兼明书》以及近世《长沙县志》等也都有详尽记载。把这三部书结合起来,我们知道,"土牛"就是"春牛",用桑木做骨架,冬至节后辰日取土塑成。身高四尺,长八尺,画四时八节三百六十日十二时辰图纹。并且连鞭打部位还因立春日在年节前后而有不同的规定。《长沙县志》说:"岁前立春,芒神执策当牛肩,元旦后立春,当牛腹,上元后立春,当牛膝,示农事早晚。"《岁时广记》引《删定月令》也说:"若立春在十二月望前,策牛人近前,示农早也;月晦及正旦则中,示农平也;正月望则近后,示农晚也。"这充分说明,"打春牛"渐渐成为古人的迎春仪式,是从唐宋时期开始的。

由鞭打春牛,逐渐被省略为"打春"也开始于宋代。宋代孟元老《东京梦华录》"立春"条记道:"立春前一日,开封府进春牛于禁中鞭春。开封、祥符两县,置春牛于府前。至日绝早,府僚打春,如方州仪。府前左右,百姓卖小春牛,往往花妆栏坐,上列百戏人物,春幡雪柳,各相献遗。"宋代晁冲之《立春》诗也写道:"巧胜金花真乐事,堆盘细菜亦宜人。自惭白发嘲吾老,不上谯门看打春。"《京都风俗志》记载:宫前"东设芒神,西设春牛",

礼毕散场之后，"众役打焚,故谓之'打春'"。有些地方还有这样的习俗，在土牛腹中放入五谷和缝制的小牛，把土牛打碎后，这些东西从牛腹中泄漏出来，以此象征着五谷丰登、六畜兴旺。人们纷纷将腹中物品和春牛碎片抢回家，作为吉祥的象征。但这些"打春"的意思还都是"打春牛"的省略。我家乡的老人们还告诉我，过去曾有关于"打春"的歌谣，他们往往会随即就哼唱起来："一打风调雨顺,二打地肥土暄,三打三阳开泰,四打四季平安,五打五谷丰登,六打六合同春。"

由于"打春牛"的仪式在"立春"前一日，所以一举行"打春"仪式，立春马上就到了。"人勤春来早"，在人们的习俗中，"立春""打春"慢慢地就被合为一个时间了。古代还将立春的十五天分为三候，每五天为一候："一候东风解冻,二候蛰虫始振,三候鱼陟负冰。"说明古人为了搞好农业生产,对节令变化观察得是多么细致。

如今，和母亲争论"立春""打春"的情景还历历在目，可我的母亲却已经离开这个世界二十二年了。我想把我现在知道的这些和母亲说道一番，可是这永远都不可能了……

过门笺子漫话

除夕时家家户户在门楣上贴的过门笺子，在不同的地方有不同的称呼，如罗门笺子、花纸、挂笺、挂千、挂签、挂钱、吊钱、喜钱、红钱、吊笺、喜笺、红笺、门吊、门花、门钱、门旗、彩飘、年彩、门市彩、报春条、吊千儿等。过门笺子一门五张，一般用彩纸剪刻而成，形状为长方形，由膛子、穗子、边框三部分组成。镂空的背饰由万字纹、鱼纹、水波纹、花瓣纹、蝙蝠纹、方孔钱纹、菱形纹、网格纹等组成。门笺的膛子分两大类，其一由花卉、鸟、凤、兽、虎等纹样组合，其二由文字组合，如"新年庆有余""万象更新"等。最常见的膛子是上有吉语题额，下有吉祥图案或福禄寿喜等字。它的穗子也有多种多样的变化。过门笺子是我国传统的宅第装饰物，被西方视为中国年节文化的重要标志，具有悠久的历史，影响非常深远。

关于过门笺子起源的传说有很多，如姜太公封神完毕回到家中的时候其妻子也要封赏，他就封其妻为"穷神"，让她到谁家谁家就破财败落。但当时姜太公附加了一条规定，叫作见破不入，就是对门脸已破败的穷苦人家不许她光顾。此话被人无意中听去，所以人们就都找一些破布烂麻挂在门上，把姜太婆彻底哄了。后来人们嫌挂破烂不雅观，便用新材料剪出有条理的穗子代替，慢慢发展成了精美的过门笺子。还有人从周代祭祀中祭品几案上搭的那块让祖先随时擦手的新布——"道布"来演义，说它沾染了神性能避邪；又加上东汉应劭《风俗演义》记载，当时人们从刚织完的绢上剪下最后一小块挂在门上，告诉婆母完工了，名之曰"断织系户"。时间日久，两者慢慢结合起来演化成了后来的过门笺子。再有一种是说起源于隋唐时期挂门符的习俗。从现存的敦煌文献来看，那些符纸的样式和图案，和后世的过门笺子是有些相似。但仔细考察，姜太公传说属无稽之谈，用作除病辟邪作用的绢布、符纸，挂的时间不定，用途单一。说它们演变成了除夕祝吉纳福的过门笺子，实在有些牵强附会。

认真翻检古典文献，我们看到过门笺子真正的起源时间确实在隋代，但和符纸风马牛不相及，它们各自有其渊源和发展演变的历史。关于过门笺子，隋代杜台卿《玉烛宝典》卷一《附说》最早做了记载："立春多在此月之初，俗间悉剪彩为燕子，置之檐楹。"明确地说，时间是"月之初"的元旦（今天的春节），彩剪的燕子图案是挂在门楣的位置，且风俗已经形成。随后，

唐人韦庄《立春》诗写道："殷勤为作宜春曲，题向花笺贴绣楣。"宋人陈元靓《岁时广记》引《皇朝岁时杂记》也说："元旦以鸦青纸或青绢剪四十九幡，围一大幡，或以家长年龄戴之，或贴于门楣。"清人富察敦崇《燕京岁时记挂千》云："挂千者，用吉祥语镌于红纸之上，长尺有咫，粘于门前，与桃符相辉映。其上有八仙人物者，乃佛前所悬也。是物民户多用之。"清代《杭州府志》亦云："琳宫梵于宇，剪五色纸形如旗脚，贴于门额，上书风调雨顺、国泰民安等语，再有之，曰门彩……曰挂笺。"清人姚兴泉《龙眠杂忆时令类》词有："桐城好，元旦贺新年，大族中堂悬福字，小家单扇贴春联，处处挂门钱。"清人蒋士铨《花钱》诗："郇公云五色，习傍孔方家。舞共青幡出，飘同彩燕斜。门楣增气象，蓬荜借光华。难买东风性，终防等落花。"杨宋人诗说："挂门笺纸扬春风，福守门神处处同。"这些记载才是门笺的真正原型及其源流，发展变迁的脉络非常清楚。

就这样，从隋代杜台卿《玉烛宝典》"俗间悉剪彩为燕子，置之檐楹"到唐宋时的"以鸦青纸或青绢'剪幡'贴于门楣"，再到清代"处处挂门钱"为"门楣增气象"。过门笺子在历史的发展中，在风俗的演变中，逐渐形成了今天的式样。我们看到，自古以来，过门笺子的内容是吉祥的，意在迎春纳福，祈求人寿年丰。

过门笺子作为中华民族独特的亮丽风景线，作为一种年节文化现象，在中国人中间流传甚广，生生不息。直至今日，仍然一直飘扬在华夏大地上，飘扬在世界华人心目中。

糖瓜的滋味

　　小时候,住在一个国有林场里。父母从年轻时候接受的就是无神论教育,大气候又是"破除封建迷信,过一个革命化的春节",所以对于过年的习俗我基本没有受过启蒙。后来知道过年是有很多风俗的,其中的过小年辞灶就是整个年节仪式的序幕。而听很多人说起辞灶来,总津津有味地涉及糖瓜。但我始终不知道糖瓜是什么,更没有品尝过糖瓜的滋味。后来,知道了年节文化是我们中华民族的一笔宝贵传统遗产,也知道了糖瓜是一种传统手工制作的甜味食品,是用大麦发酵糖化而成的,一般长条形的叫关东糖,圆瓜形的才叫糖瓜。所以每到新年到来的前夕,总是跑到大集上、超市里寻找一番,大集上人们会笑笑说现在没人制作了,超市里的服务员总是摇头说不知道是什么东西。现实生活中,很多人不重视辞灶了,而热心辞灶的人也几乎全部用各种名牌糖果代替了传统的糖瓜。

　　和糖瓜关系最密切的是灶王,它主要是为了用来祭祀灶王的。祭灶王也叫辞灶,辞灶的具体时间,历代有变化。先秦为孟夏祀灶;汉代为腊日(冬至后第三个戊日)祭灶,祀以黄羊;晋时于腊月二十四日祭灶;《荆楚岁时记》称,梁时十二月八日为腊日,以豚酒祭灶;唐宋以后,有所谓"官三民四船家(道士和尚)五"的说法,腊月二十三或二十四日祭灶,成为习俗。祭祀灶神的最根本的原因,应该是源于对火的崇拜。自从有了火,"火"与"炊"

也就成人们生存中不可或缺少的东西,灶王受到普遍重视和崇拜也就在情理之中了。

我国远古时就有对灶神的信仰,称之"先炊之人"。灶王神到底是何许人也?传说中他是玉皇大帝封的"九天东厨司命灶王府君",负责管理各家的灶火,是中国上古神话传说中主管饮食之神。人们称这尊神为灶君、灶神、灶王爷、灶君司命、司命菩萨等。春秋时孔子曾说:"与其媚于奥,宁媚于灶。"那时,祭灶位列"五祀"之一(五祀为祀灶、门、行、户、中雷五神,中雷即土神。另一说为门、井、户、灶、中雷;或说是行、井、户、灶、中雷)。据说灶王最初只管火,后受天帝委派为掌管一家的监护神,封为一家之主。所以,在民间灶神一直被作为一家的保护神而受到崇拜。但是,对灶君的由来一直众说纷纭。《礼记·礼器》孔颖达疏:"颛顼氏有子曰黎,为祝融,祀为灶神。"《淮南子》说,炎帝"死作灶神"。因此,大多数人以炎帝或祝融这主火的神为灶神。大概由于都离不开火的缘故,竟把"灶神"与"火神"混淆在了一起。民间传说中的灶神的姓名,也很纷杂。或说灶神是钻木取火的"燧人氏";或说是神农氏的"火官";《荆楚岁时记》说是为黄帝作灶的苏吉利;《后汉书·阴识传》注引作姓张名禅,字子郭;《酉阳杂俎》又谓其名隗,一名壤子;也有说灶神为火之精宋无忌的。《庄子·达生》记载:"灶有髻。"司马彪注释说:"髻,灶神,着赤衣,状如美女。"中国道教兴盛之后,曾借《庄子》、《经说》之论将灶神说成是一位女性,"管人住宅。十二时辰,善知人间之事。每月朔旦,记人造诸善恶及其功德,录其轻重,夜半奏上天曹,定其簿书。"这样,就逐渐发展成了既有灶君爷爷又有灶君奶奶的说法。所以,我们有时见到的灶王像是夫妻二人并坐在一起的。《抱朴子内篇·微旨》也记载,"月晦之夜,灶神亦上天白人罪状。"《隋书·经籍志》有《灶经》十四卷,梁简文帝撰。《正统道藏》收有《太上洞真安灶经》、《太上灵宝补谢灶王经》等。灶神是居人间伺察过失以遣告的神,却无庙无殿。《礼记·月令》云:"祀灶之礼,设主于灶径。"灶径即灶边以土为之的承器之物。灶王也仅仅是一张木板印制的年画贴在灶墙上,两旁贴上"上天言好事,回宫降吉祥"或"东厨司命主,南方火帝君""东厨司命主,人间监察神"等对联,横批是"一家之主"。

有关记载和民间传说都言之凿凿地称,每年腊月二十三或二十四日灶王都要去朝奏玉帝,报告所住之户的善恶言行,玉皇大帝根据灶王的汇报,再将这一家在新的一年中应该得到的吉凶祸福的命运交于灶王之手去实施。一旦被灶王向玉皇大帝报告了罪恶,大罪要减寿三百天,小罪要减寿一百天。在《太上感应篇》里,又有"司命随其轻重,夺其纪算"的记述。司命即是灶君,算为一百天,纪指十二年。所以,祭祀灶王也就成了家庭中最隆重的大事。往往是在晚饭前,在靠近锅的墙上,用熟米粒或饺子皮粘贴上灶王的神像,供上糖瓜、水果、酒菜、糕饼、水饺,烧香磕头,焚纸钱皂马,燃放鞭炮,老少都得说吉庆好听的话,并用糖瓜抹灶王嘴,让灶王吃糖嘴甜多说好话,也有用粘糖把灶王的嘴粘住不让他在天上多言多语的意思。祭祀中要高诵《祭灶谣》:"灶王爷爷你听着,厨房里你见天瞄着啊。我顿顿省吃又俭喝,抛米撒面是一时错。炉窝里肮脏是因孩娃多,你老人家可得担待着。这糖瓜吃不了全拿着,捎给玉皇大帝尝一尝。我这里与你把头磕,上天去可要与我把好话说。初一你早点回来别耽搁,到咱家吃我下的水饺和蒸的那枣山馍。"过去穷人家也常唱:"灶王老爷您姓张,一碗凉水一管香。今年小子混得苦,明年再请你吃关东糖。"对于灶王说了好话的,一首歌谣写道:"玉帝听了满脸笑,一声叫过老龙王。春仨月里你早下雨,秋仨月里你晚下霜。小雨不住你勤勤下,别刮大风遮太阳。单等秋后十来月,大家小户粮满仓。"祭灶仪式完毕,有的是再把灶王像揭下收起来,有的是当场焚烧。除夕下午把收起来的或焚烧后另买的灶王像张贴在靠近锅台的墙上,正月初一隆重要迎接灶王,家家包饺子,户户放爆竹,燃纸烧香,被接回灶王就又开始了履行新一年的职责。

现在,我早已知道了糖瓜的滋味,更知道了过大年的序幕辞灶的一系列知识,这些文化内涵值得好好品味。

冬至大如年

　　冬至，是我国农历中一个非常重要的节气，也是中华民族的一个传统节日，冬至俗称亚岁、至日、冬节、交冬、长至节、贺冬节等，早在两千五百多年前的春秋时代，中国就已经用土圭观测太阳，测定出了冬至，它是独具我国特色的二十四节气中最早制定出的一个，古人对冬至的说法是：阴极之至，阳气始生，日南至，日短之至，日影长之至，故曰"冬至"。

　　古代冬至习俗，百官朝贺，吉服互拜，百工停业，宴请馈赠，"一如元旦"（明刘侗、于奕正《帝京景物略》），所以也叫亚岁，《清嘉录》（十二卷，清顾禄撰）甚至有"冬至大如年"之说。

　　从一些古籍的记载来看，"冬至大如年"是以下三个原因在岁月中的积淀造成的：一是和周代历法有关，是"周正建子"的遗俗，《史记·历书》说："夏正以正月，殷正以十二月，周正以十一月"。周正建子，就是周人一夏历十一月为正月，进而将"日南极，景（影）极长"的冬至这天看作一岁的开始而受到重视。尽管后来"秦正建亥"，汉武帝又改历法，以夏历正月为岁首，但习俗的传承并不以国家政令的改变而中断，（清）蔡云撰《吴歈百绝》："有几人家挂喜神，匆匆拜节趁清晨。冬服年瘦生分别，尚袭姬家建子春"。姬家，指周朝，姬姓。"冬服年瘦"的风俗就是沿袭了周朝以十一月为岁首的传统。是姬周年俗的遗存。唐宋时，以冬至和岁首并重。南宋孟元老《东京梦华录》:"十一月冬至。京师最重此节,虽至贫者,一年之间,积累假借,至此日更易新衣,备办饮食,享祀先祖。官放关扑,庆祝往来,一如年节。"二是冬至重要和我国古代哲学中的阴阳观念有关,冬至阴极而阳始,从此白昼渐长,阳气开始生发。在推崇"阳"的社会心态下,这一天受到格外重视再自然不过了,有"一阳佳节"(曹植《冬至献袜颂表》)之称。三是和古人敬畏鬼神有关,古人以为冬季是一个神遣鬼扰、动辄获咎的时段,从《礼记·月令》可知,国家对此有很多禁忌方面的禁令,天子都要斋戒,国家要祭祀山泽。古人希望通过冬至日的祭扫活动取悦天地鬼神,平安度过这段凶险时期。对祖神崇拜当然就尤为突出了,从先秦到近世祭扫祖神一直是最基本的民俗。祭祀多在冬至前一天傍晚举行,名曰"冬除",和新年前一夜叫"岁除"相似,祭祀仪式"多仿岁除故事"(宋人陈元靓所撰《岁时广记》)。

　　宫廷和民间对冬至历来十分重视,冬至的活动主要有两大项,就是贺冬和祭祀。贺冬是在冬至正日,表示祝愿平安过冬的意思。冬至过节源于汉代,盛于唐宋,相沿至今。汉朝以冬至为"冬节",官府要举行祝贺仪式称为"贺冬",在中国传统的阴阳五行理论中,冬至是阴阳转化的关键节气。在十二辟卦为地雷复卦,称为冬至一阳生。易曰:先王以至日闭关,商旅不行。《后汉书·礼仪》:"冬至前后,君子安身静体,百官绝事,不听政,择吉辰而后省事。"要放假休息,军队待命,边塞闭关,商旅停业,亲朋各以美食相赠,相互拜访,欢乐地过一个"安身静体"的节日。还要挑选"能之士",鼓瑟吹笙,奏"黄钟之律",以示庆贺。《晋书》上记载有"魏晋冬至日受万国及百僚称贺……其仪亚于正旦"。《荆楚岁时记》有熬红豆粥以禳厉鬼、保平安的风俗记载。魏晋时人们在冬至日举行给着老尊长敬献鞋袜的"让履"仪式,将祖宗崇拜的范围延伸到生者,祝愿他们顺利度过凶险时期。冬至祭祀从周代起就开始流行,《周礼春官·神仕》:"以冬日至,致天神人鬼。"目的在于祈求与消除国中的疫疾,减少百姓的饥饿与死亡。唐、宋时期,冬至是祭天祭祖的日子,皇帝在这天要到郊外举行祭天大典,百姓在这一天要向父母尊长祭拜,这表明古人对冬至十分重视。人们认为冬至是阴阳二气的自

节俗映像
第四辑

然转化,是上天赐予的福气。明、清两代皇帝均有祭天大典,谓之"冬至郊天"。宫内有百官向皇帝呈递贺表的仪式,而且还要互相投刺祝贺,就像元旦一样。现在我国大多数地区在冬至这天过节祭先。

另外,民间有以冬至日的天气好坏与来到的先后,来预测往后的天气。俗语说:"冬至在月头,要冷在年底;冬至在月尾,要冷在正月;冬至在月中,无雪也没霜"(这是依据冬至日到来的早晚,推测寒流到来的早晚);俗语也说:"冬至黑,过年疏;冬至疏,过年黑"(意思是:冬至这天如果没有太阳,那么过年一定晴天,反之,如果冬至放晴,过年就会下雨)。

随着时世变迁,冬至的节日色彩淡化了许多,甚至有些人庆贺冬至节应景成分越来越多,但仍然不失为我国民间一大节日。在现实生活中,把冬至作为一种文化现象来看待,才是一种正确的方法和科学的态度。

品味腊八粥

小时候,并未品尝过严格意义上的腊八粥。只是后来生活好了,才按照配方熬制,在品尝营养丰富的粥的同时,也慢慢品出了其文化韵味。

腊八,是农历十二月初八(农历十二月被称为腊月)。《说文》载:"冬至后三戌日腊祭百神。"即冬至后第三个戌日曾是腊日,并不一定是十二月初八。夏代称腊日为"嘉平",商代为"清祀",周代为"大蜡",汉代改为"腊";因在十二月举行,故称该月为腊月,称腊祭这一天为腊日。从先秦起,腊日都是用来祭祀祖先和神灵，祈求丰收和吉祥。除祭祖敬神的活动外，人们还要逐疫。岁终之月称"腊"的含义，典籍记载甚详。应劭《风俗通》云："《礼传》：腊者，猎也，言田猎取禽兽，以祭祀其祖也。或曰：腊者，接也，新故交接，故大祭以报功也。"其起源甚早，《礼记·郊特牲》记载："伊耆氏始为蜡。蜡也者，索也，岁十二月，合聚万物而索飨之也。"《史记·补三皇本纪》也说："炎帝神农氏以其初为田事，故为蜡祭，以报天地。"后由于佛教介入，南北朝开始才固定在腊月初八，自此相沿成俗。据传，佛教创始人释迦牟尼修行深山，静坐六年，饿得骨瘦如柴，曾欲弃此苦，恰遇一牧羊女，送他乳糜，他食罢盘腿坐于菩提树下，于十二月初八之日悟道成佛，为了纪念而始兴"佛成道节"。中国信徒出自虔诚，遂与"腊日"融合，方成"腊八节"，并同样举行隆重的礼仪活动。宋朝吴自牧撰《梦粱录》卷六载："八日，寺院谓之'腊八'。"所以，腊八又称腊日祭、腊八祭、王侯腊或佛成道日、佛成道节、成道会，佛教文化的介入才是十二月初八为腊日之由来。

其节俗主要是熬煮、赠送、品尝腊八粥，同时许多人家自此拉开春节的序幕，忙于杀年猪、打豆腐、制腊肉，采购年货，过年的气氛逐渐浓厚。

关于腊八粥最早记载是在宋朝人的笔下，庄绰的《鸡肋篇》中："宁州（今辽宁复县一带）腊月八日，人家竞作白粥，于上以林栗之类，染以众色，为花鸟象，更相送遗。"吴自牧《梦粱录》卷六载："八日，寺院谓之'腊八'。大刹寺等俱设五味粥，名曰'腊八粥'。"诗人陆游诗中说："今朝佛粥更相馈，反觉江村节物新。"也说的是腊八送粥之事。南宋文人周密撰《武林旧事》说："用胡桃、松子、乳覃、柿、栗之类做粥，谓之腊八粥。"可见宋代腊八煮粥已成民间食俗。有时帝王还以此来笼络众臣，元人孙国敉作《燕都游览志》云："十二月八日，赐百官粥，以米果杂成之。品多者为胜，此盖循宋时故事。"《永乐大典》记述"是月八日，禅家谓之腊八日，煮经糟粥以供佛饭僧"。孟元老《东京梦华录》记载，十二月初八日，各个寺院送七宝五味粥让门徒斗饮，称之为"腊八粥"，又称"佛粥"。到了清代，每逢腊八日，在宫内万福阁等处，用锅煮腊八粥并请来喇嘛僧人诵经，然后将粥分给各王宫

大臣,品尝食用以度节日。《光绪顺天府志》又云:"每岁腊月八日,雍和宫熬粥,定制,派大臣监视,盖供上膳焉。"腊八粥又叫"七宝粥""五味粥"。

腊八粥在各地不断演变,逐渐丰富多彩起来。《金瓶梅》所记配方:"粳米投着各样榛、松、栗子、果仁、梅桂、白糖粥儿。"《明宫史》所记配方:"将红枣捣破泡汤,至初八早,再加粳米、白果、核桃仁、栗子、菱米煮粥,供于佛圣前,并于房牖、园树、井灶之上,各分布所煮之粥。"《清嘉录》所记配方:"以菜果入米煮粥,调之腊八粥;或有馈自僧尼者,名曰佛粥。"《红楼梦》所记配方是各色米豆加五种菜果(红枣、栗子、花生、菱用、香芋)。清人富察敦崇在《燕京岁时记》里则称"腊八粥者,用黄米、白米、江米、小米、菱角米、栗子、去皮枣泥等,和水煮熟,外用染红桃仁、杏仁、瓜子、花生、榛穰、松子及白糖、红糖、琐琐葡萄以作点染切不可用莲子、扁豆、江米、桂圆,用则伤味。"

当代社会中,腊八粥的花样,更是争奇竞巧,品种繁多。总体分为两种:一种为甜味粥,用八种当年收获的新鲜粮食和瓜果煮成;一种为腊八咸粥,粥内除大米、小米、绿豆、豇豆、小豆、花生、大枣等原料外,还要加肉丝、萝卜、白菜、粉条、海带、豆腐等。

"腊八粥"是用各种米、各种干果和豆腐、肉类等做原料的,能集中地反映农业生产的成果。所以即使是在不再有神灵崇拜的今天,我们仍可以在不断体会一个又一个丰收年的大好形势的同时,静下心来用心熬制一锅腊八粥,调节一下生活,品咂一下里面的丰富文化内涵,是很有意义的。

漫话元宵节

元宵节最早叫正月十五,是在历史的演变中,文化的内涵才越来越丰富起来。现在,随着生活节奏的加快,逐渐地又越来越淡化了。我的家乡的元宵节,现在主要保留了黄昏时分在室内有关地方、在门外、在路口、在祖坟前点燃蜡烛,烧点黄表纸,燃放烟花爆竹,煮点元宵吃吃等。然后,也就过去了。

正月十五是春节之后我国的第一个重要传统民俗节日。正月是农历的元月,而十五又是一年中第一个月圆之夜,人们对此加以庆祝,是庆贺新春的重要延续。其实,这个节日早在两千多年前的西汉就存在了。司马迁创建"太初历"时,就已将元宵节确定为节日。汉武帝正月上辛夜在甘泉宫祭祀"太一"(主宰世界一切的神)的活动,被后人视作正月十五祭祀天神的先声。汉文帝时,正式下令将正月十五命名为元宵节。东汉时候,佛教文化的传入,对于形成元宵节的风俗起了重要的推动作用。汉明帝提倡佛教,听说佛教有正月十五日僧人观佛舍利、点灯敬佛的做法,他为了弘扬佛法,就下令正月十五夜里在宫中和寺院"燃灯表佛"。以后这种佛教礼仪逐渐形成民间盛大的节日活动。再后来,元宵节又被称为上元节。《岁时杂记》记载说,道教曾把一年中的正月十五称为上元节,七月十五为中元节,十月十五为下元节,合称"三元"。汉末道教的重要派别五斗米道崇奉的神为天官、地官、水官,说天官赐福,地官赦罪,水官解厄,说上元天官正月十五日

生，中元地官七月十五日生，下元水官十月十五日生。这样，正月十五日就被称为上元节。南宋吴自牧在《梦粱录》中说："正月十五日元夕节，乃上元天官赐福之辰。"因此正月十五的习俗随着佛教文化影响、道教文化的加入逐渐由宫廷到民间、由中原地区到全国各地扩展开来。其实，元宵节俗越来越丰富的真正动力是因为它处在新的时间点上，人们充分利用这一特殊的时间阶段来表达自己追求美好生活的愿望，才是更深层的原因。元宵节，还有小正月、元夕或灯节等多种称谓。

历朝历代都以正月十五张灯观灯为一大盛事。隋炀帝《元夕于通衢建灯夜升南楼》："法轮天上转，梵声天上来；灯树千光照，花焰七枝开。月影疑流水，春风含夜梅；燔动黄金地，钟发琉璃台。"梁简文帝曾写过一篇《列灯赋》："南油俱满，西漆争燃。苏征安息，蜡出龙川。斜晖交映，倒影澄鲜。"描绘了当时宫廷在元宵张灯的盛况。隋炀帝时，每年正月十五举行盛大的晚会，以招待万国来宾和使节。据《隋书·音乐志》记载，元宵庆典甚为隆重，处处张灯结彩，日夜歌舞奏乐，表演者达三万余众，奏乐者达一万八千多人，戏台有八里之长，游玩观灯的百姓更是不计其数。到唐代发展成为盛况空前的灯市，成为全民性的狂欢节。唐代是实行宵禁的，夜晚禁鼓一响就禁止出行，犯夜要受处罚；唯独在上元节，皇帝特许开禁三天，称为"放夜"。唐玄宗时的开元盛世，长安的灯市规模很大，京城"作灯轮高二十丈，衣以锦绮，饰以金银，燃五万盏灯，簇之为花树"。唐代诗人苏味道的《正月十五夜》诗云："火树银花合，星桥铁锁开。暗尘随马去，明月逐人来。"描绘了灯月交辉，游人如织，热闹非凡的场景。唐代诗人张悦也曾用诗赞道："花萼楼门雨露新，长安城市太平人。龙衔火树千灯焰，鸡踏莲花万岁春。"把元宵节赏灯的情景描述得淋漓尽致。李商隐则用"月色灯光满帝城，香车宝辇溢通衢"的诗句，描绘了当时观灯规模之宏大。唐代诗人崔液的《上元夜》："玉漏铜壶且莫催，铁关金锁彻明开；谁家见月能闲坐，何处闻灯不看来。"虽没有正面描写元宵盛况，却蕴含着十分欢乐愉悦热烈熙攘的场景。宋代的元宵夜更是盛况空前，灯市更为壮观，张灯由三夜延长至五夜，灯彩以外还放焰火，表演各种杂耍，情景更加热闹。《东京梦华录》中记载，每逢灯节，开封御街上，万盏彩灯垒成灯山，花灯焰火，金碧相射，锦绣交辉。京都少女载歌载舞，万众围观。"游人集御街两廊下，奇术异能，歌舞百戏，鳞鳞相切，乐音喧杂十余里。"大街小巷，茶坊酒肆灯烛齐燃，锣鼓声声，鞭炮齐鸣。苏东坡有诗云："灯火家家有，笙歌处处楼。"范成大也有诗写道："吴台今古繁华地，偏爱元宵影灯戏。"诗中的"影灯"即是"走马灯"。大词人辛弃疾曾有一阙千古传诵的颂元宵盛况之词："东风夜放花千树，更吹落，星如雨。宝马雕车香满路。风箫声动，玉壶光转，一夜鱼龙舞。"明代，朱元璋在金陵即位后，为使京城繁华热闹，又规定正月初八上灯，十七落灯，连张十夜，家家户户都悬挂五色灯彩，彩灯上描绘了各种人物，舞姿翩翩，鸟飞花放、龙腾鱼跃，花灯焰火照耀通宵、鼓乐游乐、喧闹达旦，这是中国最长的灯节，唐伯虎曾赋诗："有灯无月不误人，有月无灯不算春。春到人间人似玉，灯烧月下月似银。满街珠翠游春女，沸地笙歌赛社神。不展芳樽开口笑，如何消得此良辰。"清代，满族入主中原，宫廷不再办灯会，民间的灯会却仍然壮观，日期缩短为五天。清代元宵热闹的场面除各种花灯外，还有舞火把、火球、火雨，耍火龙、火狮等。阮元有羊城灯市诗云："海鳌云凤巧玲珑，归德门明列彩屏，市火蛮宾余物力，长年羊德复仙灵。月能彻夜春光满，人似探花马未停；是说瀛洲双客到，书窗更有万灯青。"清代诗人姚元之写的《咏元宵节》诗："花间蜂蝶趁喜狂，宝马香车夜正长。十二楼前灯似火，四平街外月如霜。"更是生动、精彩别致。唐宋时灯市上开始出现各式杂耍技艺。明清两代的灯市上除有灯谜与百戏歌舞之外，又增设了戏曲表演的内容。舞龙灯、踩高跷、舞狮子、划旱船等是元宵节几项重要传统民间习俗。

吃元宵是元宵节最重要的食俗。元宵作为食品，在中国也由来已久。唐朝的元宵节食叫面茧。王仁裕的《开元天宝遗事》记载："每岁上元，都人造面茧。"这一习俗到宋代仍有遗留，应节食品则较唐朝更为丰盛。吕原明的《岁时杂记》就提到："京人以绿豆粉为科斗羹，煮糯为丸，糖为靥，谓之圆子盐豉。捻头杂肉煮汤，谓之盐豉汤，又如人日造茧，皆上元节食也"。

到南宋时，就有所谓"乳糖圆子""浮元子"的出现，这应该就是汤圆的前身了。至少到了明朝，人们就以"元宵"来称呼这种糯米团子。刘若愚的《酌中志》记载了元宵的做法："其制法，用糯米细面，内用核桃仁、白糖、玫瑰为馅，洒水滚成，如核桃大，即江南所称汤圆也"，清朝康熙年间，御膳房特制的"八宝元宵"，是名闻朝野的美味。马思远则是当时北京城内制元宵的高手。他制作的滴粉元宵远近驰名。符曾的《上元竹枝词》云："桂花香馅裹胡桃，江米如珠井水淘。见说马家滴粉好，试灯风里卖元宵。"诗中所咏的，就是鼎鼎大名的马家元宵。

猜灯谜也是元宵节的一项重要活动，灯谜最早是由谜语发展而来的，起源于春秋战国时期。谜语悬之于灯，供人猜射，开始于南宋。《武林旧事·灯品》记载："以绢灯剪写诗词，时寓讥笑，及画人物，藏头隐语，及旧京诨语，戏弄行人。元宵佳节，帝城不夜，春宵赏灯之会，百姓杂陈，诗谜书于灯，映于烛，列于通衢，任人猜度。"所以称为"灯谜"。因为谜语能启迪智慧又饶有兴趣，所以流传过程中深受社会各阶层的欢迎。

历史上的元宵节，在封建的传统社会中，也给未婚男女相识提供了一个机会。传统社会的年轻女性不允许出外自由活动，但是过节却可以结伴出来游玩，未婚男女借着赏花灯也增加了交往。历代都有不少诗篇写元宵节的男女交往之情。北宋欧阳修词："今年元夜时，月与灯依旧；不见去年人，泪满春衫袖。"抒写了对情人的思念之苦。欧阳修《生查子》云："去年元夜时，花市灯如昼；月上柳梢头，人约黄昏后。"辛弃疾《青玉案》写道："众里寻他千百度，蓦然回首，那人却在灯火阑珊处。"就是描述元宵夜的情境。而传统戏曲陈三和五娘是在元宵节赏花灯时相遇而一见钟情，乐昌公文与徐德言在元宵夜破镜重圆，《春灯谜》中宇文彦和影娘在元宵定情。所以，说元宵节是中国的"情人节"，道理大于七夕。

传统社会的元宵节是被普遍重视的民俗大节，典型地体现着中国民众特有的狂欢精神。但随着社会的发展，传统元宵节所承载的节俗功能已逐渐被日常生活消解，复杂的节俗已经简化为"送灯""吃元宵"等，些许失落感不时浮现可以理解，但民俗就是民俗，风移俗易毕竟是社会的进步重要标志。

月饼啊月饼

每到中秋，人们总愿意津津乐道一番月饼的来历啊什么的，那里面牵强附会的东西太多太多，所以我是一向不大以为然的。我始终顽固地认为，月饼其实就是一种食物而已。

作为食物的月饼最早出现在南宋，周密在记叙南宋都城临安的《武林旧事》中首次提到"月饼"之名称。同是南宋人的吴自牧在《梦粱录》明确记录了月饼的菱形状态，"四时皆有，任便索唤，不误主顾"。月饼在明朝才变成圆形，而且只在中秋节吃。沈榜在《宛署杂记》中描述了明代北京中秋坊民皆"造月饼相遗，大小不等，呼为月饼。市肆至以果为馅，巧名异状，有一饼值数百钱者"。你看，月饼不就是一种普通的食品嘛。

可是，为了说明月饼的悠久历史，有人开始捕风捉影地追溯它的来历。最早竟追溯到了"太师饼"，把三千年前殷周时代民间纪念太师闻仲的"边薄心厚太师饼"说成是月饼的鼻祖。继而把胡饼也说成月饼，说李靖征讨匈奴得胜而归朝见唐高祖，高祖正在接受吐鲁番商人献上的胡饼，笑指明月说"应将胡饼邀蟾蜍"云云。还有的说唐僖宗在中秋节当日命令御膳房用红绫将饼赏赐给新科进士，这也是月饼。把一种普通的饼牵强附会成月饼，

节俗映像
第四辑

甚至把宫饼、小饼、月团等都归为月饼,其实是很不准确的。这种毫无根据的追溯,除了想说明月饼的历史悠久之外,并没有多少实际意义。

但是,月饼这种食品,在后代的传说和追溯中,逐渐由食物的月饼变成了文化的月饼。也是从明朝开始,月饼作为食物的同时,开始具有了团圆的含义。明代刘侗、于奕正合著的《帝京景物略》里说:"有妇归宁者,是日必返夫家,曰团圆节。"田汝成《西湖游览志余》中说:"八月十五谓中秋,民间以月饼相送,取团圆之意。"这些习俗,至今仍完好地保留着。《帝京景物略》还记载着:"八月十五祭月,其祭果饼必圆。""家设月光位于月所出方,向月而拜,则焚月光纸,撤所供,散之家人必遍。月饼月果,戚属馈相报,饼有径二尺者。"在"民以食为天"的社会里,食物会被推崇到至高无上的地位,月饼当然更不能例外。所以,月饼也逐渐成为中秋节祭月的主要供品,开始逐渐带上了一些神圣色彩。至此,月饼的文化意味逐渐浓郁起来。

小小的月饼上,承载的一些包含着丰富内涵的民间传说故事,反而体现着历史的本质,影射着民间的生活和理想。如流传甚广的"八月十五杀鞑子"的故事,说元顺帝末年,为了巩固统治,派家鞑子到各家各户进行控制。住在户上的家鞑子为所欲为,无恶不作。不但将兵器没收,连切菜刀都得由其保存,用时去领,用后即还。百姓不堪其高压,反抗情绪高涨。于是就有了用月饼在八月十五来传递起义消息的故事,起义成功后中秋食月饼之俗更为流行。此事并不见诸正史,仅止于传说故事。但这个流传甚广的故事,融合了丰富的社会因素,真实地反映了元朝末年的社会现实,体现了人民反抗暴政压迫的性格和追求安定美好生活的愿景。在后来很长的历史时期,许多月饼上还贴有一方小纸片,据说就是这一事件的遗风。只可惜,近年所产月饼已不见小纸片踪影。随着小纸片的荡然无存,月饼所含的这一代代相传的"文化密码"也消失了,真不知应喜耶? 还是悲耶?

八月十五是中秋节

在我的家乡,很多语言看似普普通通,其实是有着非常的文化韵味的。比如管过中秋节叫作过八月十五,就是其中之一。开始我还认为这是没有文化的人对中秋节的简易称法,于是也学着说中秋节,不再说过八月十五。后来,考察了一番,我才又改变了这个浅薄的看法。

"中秋"一词,最早见于《周礼》:"中春,昼击土鼓,吹《豳》诗,以逆暑。中秋,夜迎寒,亦如之。"郑玄注:"天子常春分朝日,秋分夕月。""夕月"就是古代帝王举行的祭祀月亮的仪式。很多人误认为,这就是中秋节的来历。其实,所谓"迎寒",就是在秋季第二个月——中(仲)秋——对月击鼓的一种仪式,所以这里的中秋是指秋季第二个月。根据郑玄的解释,也可理解为是指秋分那天。还有人引述《晋书·袁宏传》的记载"谢尚时镇牛渚,秋夜乘月,率尔与左右微服泛江"。以为"秋夜乘月"就是中秋节,这更是属于风马牛不相及的了。

其实,我们遍查唐代以前的文献中专记岁时之书,如东汉崔寔《四民月令》、西晋周处《风土记》、南朝梁代宗懔撰写的《荆楚岁时记》、隋杜台卿撰《玉烛宝典》等都没有八月十五是一个节日的记录。

真正记载八月十五这个节日的最早资料是《入唐求法巡礼行纪》一书。该书作者是唐代来华求法的日本高僧圆仁。本书卷二中记载,唐文宗开成

节俗映像
第四辑

四年（839），他住在新罗（朝鲜）人所建的山东文登清宁乡法华院。法华院既是佛教寺院，同时也是该国使华人员暂借的办公场所。八月十五日这天，他目睹了"寺家设博饨饼食等，作八月十五之节"。寺院老僧介绍说此节为新罗国所独有，是为庆祝此日获胜渤海国而设，"永代相续不息"。节日设百种饮食，歌舞夜以继日，追慕乡国，持续三天。查阅资料，我们了解到，农历八月十五在朝鲜（新罗）是一个重要节日，他们称为"秋夕节""嘉徘节"，始自公元2世纪前后，有供奉祖先、宴饮娱乐等活动。所以，园仁的记载与实际情况相符，是非常可信的重要资料。唐代佛教盛行，寺院的节日深刻地影响着民俗。又加上唐代与新罗关系密切，来华贸易经商、留学旅居、求法传教的人很多。他们过八月十五的习俗中那浓郁思亲团圆色彩，与我们中国本身的文化心理十分契合。善于吸收外来文化的中国人慢慢将我国原有的月亮崇拜、迎寒夕月、秋分秋社等农历岁时文化融合进去，形成了我们中国的具有浓郁民族特色的八月十五节这个新的节日。

这个新的八月十五节，和《周礼》、《晋书》所记载的"中秋""秋夜乘月"相比，已发生了巨大的根本的变化，由一个普通的较长的时间段（或秋分这天）移植到了八月十五日，内容上也吸收了历史上和月亮有关的内容，不断丰富发展起来，演变成了一个重要节日。唐代形成这个节日后，各种习俗十分兴盛。唐卢肇的《唐逸史》记载："罗公远，鄂州人。开元中，中秋夜侍明皇于宫中玩月。"出现了具有新的意义的"中秋"一词，说明这是一个从庙堂之上的赫赫皇帝到江湖之远的普通百姓都积极参与的活动了。到了宋代，中秋节作为节日，在我们自己的文献典籍中有了准确的记载。宋人吴自牧的《梦粱录》卷四："八月十五中秋节，次日三秋恰半，故谓之中秋。此夜月色倍明于常时，又谓之月夕。"后来，在中秋节的发展过程中，在我们不断回溯历史中，融合进了更多内容，逐渐形成了一系列祭月、拜月、赏月的丰富习俗，流传至今。

总之，八月十五是本名，中秋节是后来借用了早起文献资料才叫起来的。我的家乡，至今仍管中秋节叫八月十五，是有着重要的历史渊源的。

第五辑

书香远飘

　　我会一如既往地经常到书店转转，选到好书就买下来，让家中的书香永远飘荡下去……

其乐融融读经典

　　"爸爸,'弟兄让国有夷齐'是说的伯夷叔齐吗?"暑假里的一天,9岁的女儿乔乔正背诵着《声律启蒙》,突然抬起头来问道。

　　我高兴地说:"对啊,但你是怎么知道的呢?"

　　她兴奋得小脸红彤彤的,"《论语》中说过'伯夷、叔齐何人也? 曰:古之贤人也',我就猜,是他俩,让国是怎么回事? 谁是兄谁是弟啊?"

　　我充分肯定了她的联想后,接着详细地给她讲明白这个问题。

　　她又认真背诵起来。妻子先是在一边笑吟吟地看着我们,接着就与女儿争着背诵起来。女儿学得更有劲了。

　　我们一家三口,经常会这样竞相学习经典启蒙读物的。

　　我和妻子都出生于20世纪60年代,上学时候根本就找不到多少课外读物,古代典籍更是难以看到。后来,条件好了,买了很多书,但又很少有时间静下心来认真去背诵一本古书。1997年,女儿出生后,我们就立志让她及早接受国学启蒙,并决定陪着她学的同时让我们自己也认真学点古代经典著作。考虑到现在的中学生压力太大,没有时间系统地学习这些,要进行经典启蒙,需要早下手,在小学毕业前解决学习几本古书的问题。所以,在她学会说话不久,我们两人有空在教她学童谣的同时,教她背诵点《百家姓》。当时很多人问我们:"这么小的孩子,能懂吗?"我们的态度很明确,只是背。不要求她懂。

进入幼儿园后，老师们主要是哄着孩子做做游戏什么的，很轻松，我们就加大了让她学习的力度。到她六岁进小学时，《三字经》《百家姓》《千字文》全部背熟了，并且还背过了《木兰诗》《陌上桑》《再别康桥》《面朝大海，春暖花开》等一百余首诗歌。这期间，我们还给她把几本童话讲了几遍。这样，我和妻子由于陪着她学，对这些作品也有了更深的记忆和理解。

女儿上小学后，我们一般不过问她在学校学习的东西，更是坚决不让她参加一些功课补习班。学习成绩我们也不分分计较，考第一名我们也不感到多么高兴，考第三名我们也不怎么在乎。这样一来，她的成绩反而一直名列前茅。看到她学习很轻松，我和妻子又制订了新的计划，让她在小学五年级前把《论语》和《声律启蒙》学完。

今年暑假过后，她上四年级了，《论语》已背熟十一篇，《声律启蒙》背过了十篇，很多知识在熟背中也都逐渐理解了。

背诵古文，对一个孩子来说，是非常枯燥乏味的。为了活跃一下气氛，我们会故意激起一些浪花，让她找到一些乐趣。有一次，我上班出门时，女儿问我："爸爸，'鹤长对凫短'是什么意思？"我顺嘴说："鹤的脖子长野鸭的脖子短。我要上班了，不明白就再问妈妈。"中午我刚进家门，她就告诉我："爸爸，你说错了，是鹤的腿长野鸭的腿短，长的弄断了难受，短的给接上一块也发愁。"我和妻子相视一笑，赶紧承认错误。女儿由于寻求到新的正确答案，并能改正别人的错误，感到很有成就感，学习劲头更足了。

有时，在女儿的诘问中，我们的定势思维会受到冲击，使我们对一些问题的看法深化一步。比如，冬天她看到松柏后，就提出她的疑问："《论语》中说'岁寒然后知松柏之后凋也'，它们并没有都凋落啊，这是怎么回事儿？"我很受震动，感到"后"字值得研究，以前还就是没有意识到过，于是查多个版本，找工具书中的解释，在李泽厚《论语新读》中有一种说法："'后'应训解为'不'，古人用'后'代'不'，措辞婉约也。"多了一种解释，让人的思路一下子开阔了。

我们女儿并不是钻到故纸堆里去了，她还阅读了大量的少儿题材的小

书香远飘
第五辑

说、散文、诗歌、童话等。她弹琴也进步很快，经常参加一些表演。讲故事也时常得奖。读古籍并不影响学习，而是促进学习的。

有时我问她："读这些东西累不累？烦吗？"

她笑笑，过半天才不好意思地说："有点，爸爸诲人不倦，我就学而不厌吧。"

我和妻子大笑起来，她也笑了。

更主要的是，我们可以与她经常引用经典中的道理探讨生活和学习中的问题，进行沟通和对话。学过的东西忘记了，她有时很难过，我们就来一句："'学而时习之'就可以解决这个问题了。"她的脸上就晴朗了。她流露出看不起别人的苗头时，我们说"三人行，必有我师"，让她多看别人的长处。经常告诉她，"己所不欲，勿施于人"，让她学着为别人着想。我们说话做事偶有不妥时，她也会引经据典。我们高兴地看到，她越来越懂事了。

反读"毒草"慰心怀

十五岁前，三次受委屈的经历给我留下了深深的心灵伤害，当时感到特别屈辱。由于不善于和别人交流，就很悲观，很难受。多亏了活学活用当时的一些"毒草"，才让自己走出了心灵的雨季。

我是在"文革"中上小学的，学的都是配合当时形势的八股文章，尽管自己努力学习，在作文中也认真模仿八股文章的写法，心里却总感到枯燥无味，也始终不得要领。偶然一个机会，我得到一本《〈三字经〉批注》，是山东省革命委员会教育局翻印的《南方日报》1974年7月9日至10日的文章，里面把《三字经》全文印上并详细注释和翻译，每段后面再加上一篇上纲上线的批判文字，目的是肃清它的"流毒"。没想到，空洞、勉强的批判文字一点也没说到自己心里去，倒是批判的对象让我爱不释手了，说得多好啊："人之初，性本善。性相近，习相远。苟不教，性乃迁。"我曾和一个姓魏的老师流露过感到《三字经》说得不错这个意思。魏老师赶紧小声嘱咐我："看，不要乱说。"并偷偷给了我一个手抄本，让我没人的时候也可以看看。这手抄本上的内容，多年以后，我才弄明白，是《增广贤文》和《名贤集》。由于感到这三本书说得有道理，就经常翻看，记住了其中一些句子。没想到，这些句子，在我受到委屈时，竟起到了心灵上安慰和解脱的作用。

一天，在我们上学的路边上，有人用麦糠拌黄泥在模子里压制了一些砖坯正在晾晒。我们走到跟前时，主人正瞪着双眼，喘着粗气，大声吼道："住下，说，你们几个小孩谁踩的？"我们几个同学一愣，不由自主地站住了。我们一声也不敢吭，他就把我们一个又一个地拉到砖坯前，拿起我们的脚往上对照，原来那砖坯有几块上面被踩上脚印作废了。轮到我时，那脚印恰与母亲刚让我换上的新鞋吻合起来。我本来是毫不在乎的，因为绝对没有踩他的砖坯，更主要的是我穿新鞋是第一次走这个地方，可怎么会这样呢？"我、我、不是我。"我愣怔着，话也说不囫囵了。他的巴掌扬起来，哆嗦了半天，终于没落下来，就恼羞成怒地拉着我往学校走去。我吓坏了，愣愣地一直被拉到校长面前。他一说，张校长的眼睛就横起来："搋他，用耳巴子搋他！"我心里酸涩难忍，又惊又怕，只掉眼泪，一句话也说不出来。更让人难过的是很多同学嘲笑我，认为真是我踩的。那时候太老实了，不会解释，不会告诉父母，只是自己憋屈在心里。憋了几天，只能时时用自己大脑中留存的"毒草"安慰自己："人无千日好，花无百日红"（《增广贤文》），"做人不自在，自在不做人"（《名贤集》），碰着一回半回的孬事儿，也是正常的。看看其他同学，都有不舒心的事儿，自己慢慢平静下来，这事也就过去了。

书香远飘
第五辑

　　刚上初中不久，班里一个姓李的同学，引着我说班主任的坏话，几乎是他说我听，有时我跟着笑笑，或者表示同意："是是。"过后不久，班主任找我，说我骂他，不容我说话，狠狠地批了我一顿，让我陷入了气恼和担心中。果然，在学期结束的时候，我们每人一张入档案的表上的"操行评语"中，我和其他同学的都不一样，其他同学的开头都是"非常积极，非常认真"云云，只有我的写着："该同学在批邓、反击右倾翻案风中比较积极，比较认真……"那时候，我们经常听到某人的档案里有什么材料，很多事情受影响云云。这表一式三份，老师就让我们几个写字比较好的去帮着抄写。我看到后感到完了，感到以后麻烦了，就自己偷偷改上"非常积极，非常认真"，可第二天再去为别的同学抄写时，发现我的评语又被老师改回去了。很长时间里，我都盼着一场大火把放档案橱的屋子烧掉，但它始终安全地在那里。我自己宽自己的心，以后重在表现嘛，这全算是一次磨砺吧，在心中默念了很长时间"玉不琢，不成器"（《三字经》）宽慰自己。直到我上高二的1979 年，学校存的操行评语被扔得到处都是，谁都不去收拾它，我才彻底把心放下了。

　　春节马上就到了，父亲给了我三角钱，让我在赶年集时自由支配。我兴冲冲地跑到鞭炮市上，一个摊子一个摊子地转悠，不时地抢拾着地上未炸响的爆竹。在一个摊点上拿起一个"二踢脚"看看，舍不得买，放下了。到另一个摊点上拿起一个"大花炮"也舍不得买，又放下了。后来，终于花一角钱买了十个"明子"。这东西太有趣了，点上后先是一个亮亮的火焰熊熊燃烧着，过一会儿才"嘣"的一声炸开来。衣兜里还有两角钱，怎么也舍不得再花了，我准备留着买小人书的。但这时候还怎么也不想离去，就又挨个摊子转起来，拿起一个就不想放下了，在一个摊位上刚拿起一个"一窝猴"，"放下！"我就被一声断喝吓愣了，主人看我惊慌的样子，又大吼一声，"小偷！"一听"偷"字，手一松，"一窝猴"落回摊子上，我下意识地转身就走，他喊道："站住！"我脑子里更加迷糊了，竟撒腿就跑，他在后面紧紧地追赶着我："截住他！"因为心里害怕那十个"明子"被他认定是偷的，我跑得更快了。他最终没有追上我，可我的心脏却快跳出喉咙来了。回到家，我立即想到的是年假后我怎么去上学。很多人都看到了这一幕，学校里肯定认为我真是小偷了，同学们肯定也会笑话我。越想越怕，不想活的心思都有了。几天都吃不香，睡不宁。最终又是活学活用"毒草"中的话，使我平静下来。我认真写了一封信，开学时一大早就交给了班主任，这位上学期新换的班主任对我没有成见，信中我详细地把整个过程向老师进行了汇报。但就怕同学说这事，偏偏就有一个庄姓同学，突然就会喊一嗓子："截住！"那姓袁的班长就坏笑一下："截什么截！"这时候我是心惊肉跳，什么都不敢说的，只能在心里默念："是非终日有，不听自然无"（《增广贤文》），"君子坦荡荡，小人长戚戚"（《名贤集》）。

正是这些当时被视为"毒草"的古典启蒙读物，在我受到委屈时，浸润了我的心灵，使我慢慢平静了心态，摆脱了阴郁的情绪。现在回想起来，这种实用主义的读法未必恰当，但那时于我确实有重要意义。

新时期到来后，我购买了多种版本的古典启蒙读物，自己时常读一下，也教自己的女儿经常学习背诵它们。

背书回家乐融融

多少年来，自己最爱去的地方总是书店，最喜欢做的事情就是到书店去选购自己喜爱的书籍。现在尽管很多书在网络上能找到电子版了，但我还是一如既往地习惯于阅读纸质书籍，总难适应电子阅读。所以不管走到哪里，回家时背回去的大多是书。家中书多了，并读不过来。但闲暇时，拿起一本自己喜欢的书，摩挲一番，翻看几页，也会感到浑身通泰，心满意足的。

每当看着这些藏书，回想这些年来自己的读书经历，感到有很多值得回味的地方。

当年在我们县城的书店见到一本《简·爱》，当时手头紧张，两元零五分的定价让我与这本书失之交臂，待后来再去购买时，怎么也不能如愿了。三十年前的这段往事让我耿耿于怀，后来只要在书店里见到自己喜欢的书，总是毫不犹豫地立即买下，收藏起来。

头一次去北京，有半天自由活动时间，很多人去西单商场选购商品，而我自己却跑到王府井新华书店去看书，挨个书架看过去，逐层楼登上去，不知不觉半天时间过去了，几十本书也被自己选购了下来。来到集合地点，男女同伴看我提溜着两大捆书，先是目瞪口呆，然后才有个别人问我："买这么多也不嫌沉，能看过来吗？"后来再去北京，还是宁愿舍弃几个景点，用那么一段时间去书店看书买书，西单图书大厦、海淀图书城、新王府井书店是必定是要选一个去一趟的，不然就会浑身难受，几天都感到是个事似的。尽管至今未去天坛公园、国家大剧院、水立方等，但看到书橱中扉页上写着购于北京的书籍，特别是那些在别的地方至今也未见到的书籍，还是非常欣慰的。

那年去西安，集体组织参观几个景点，看完兵马俑、华清池、大雁塔等，又要浩浩荡荡地去看碑林和乾陵时，眼看没有时间逛书店了，我赶紧与带队的领导请示："我不去看碑林和乾陵了，我想到西安新华书店转转，行不？"带队领导从来不读书不看报，他用奇怪的眼神盯着我看了半天，不太相信且不耐烦地说道："去书店？去书店干什么？"待我解释了一番，他又翻翻眼皮："不许出任何问题啊，及时赶回来和我们接头，晚了不等你，你自己想办法。"我赶紧点头："行行行，保证按时回来。"当我提着刚刚买到的《源氏物语》等几十本书回到队伍中的时候，很多人是冷冷地看着我的。我往车上放书的时候，有些人是嫌占了空子影响放他们选购的商品的样子的。但我在他们的冷眼中，悠然自得地抽出一本书来，津津有味地在车上就阅读起来……

又有一次，我带队到青岛处理一个棘手的问题。由于我们做了充分的准备，事情办得还是很顺利，下午五点多就办理完毕。同行的一共三人，那两人在车上就打算起来："咱们到海边找个饭馆，要上几瓶青岛啤酒，炒上几个海鲜，可得放松一下了，也真有点饿了。"因为第二天一早就得返回，别没时间了，我心里总想到用吃饭前的一点时间到书店看看，我就给他俩说好话："先去书店看看，吃饭时我自己掏钱，请你们点一个最贵的菜，怎么样？"他俩看我是铁了心，只好无奈地笑笑："好吧，好吧。"我让车开到书店门前，自己一头扎了进去，一直把所有柜台看了一遍，选了《徐志摩全集》、赛珍珠的《大地》等，花上了几百元钱才算了事。那二位一直在车里等着我，我抱着这么多书上了车，他们才长长地出了一口气。吃饭时，我非让他们点一个我自己付费的菜，他们拗不过我。最终点了两条鲅鱼，我花了三十几元钱，舒服了。

不论什么时候，只要出趟差回家，妻子和女儿总会笑吟吟地看着我，齐声问道："又买了多少书啊？"我笑笑："不多。"然后就从包里一本本往外拿起来。看看家中没地方放书了，只能堆在地上，有时我会说："不能再买了。"她俩会异口同声地笑着说："俺才不信呢。"然后我们三人一齐大笑起来……

那被电所驱赶走的

电是和我们日常生活密不可分的重要能源，人类的生活每时每刻都离不开它。电引领人类的高科技突飞猛进，主宰着我们的生存，改变着我们的生活方式。在现代社会里，没有电我们就无法正常学习和工作。

电的力量太强大了，自从它到来，很多事物就逐渐撤离，最终是一去不复返地走进了历史深处，身影变得越来越模糊。有些东西如黑暗即使赶走还会回来，但只要一通电它还是得再次乖乖地撤退。

电驱赶了很多东西，在我的生活中印象最深的是电把一盏盏老式照明灯赶走了。尽管回忆起那些退出生活舞台的灯盏还是充满温情的，但若再让它们回来主导我们的照明方式，任何人都是受不了的。

灯，是人类文明的结晶，又是历史发展的一面镜子。有了灯，黑夜就有了明亮的眼睛，能流溢出温馨的氛围和气息。灯光，能照亮人类前进的脚步，昭示时代的发展和变迁。

我们的先人在碗里倒上一些豆油，一条被油浸透的捻子大部分卧在碗里，捻子的一头在碗边蹿出去一截儿，用火点着这个小绳头儿就可以照明了。但一般人家并不是可以随意点燃的，只是偶尔点很短一段时间，要干什么抓紧干完，马上吹灭，早早歇息。过去，"点灯熬油"被视为很大的浪费。多亏了靠豆油灯照明，先人们才度过了无数个漫漫长夜。

我小时候豆油灯已经被淘汰了。我用的是煤油灯，总共用过两种。先是自制的煤油灯，后来是从商店买来的带玻璃罩的煤油灯。自制煤油灯一般是用个小玻璃瓶倒入半瓶煤油，找铁片卷成一个上口略小、下口略大、上细下粗的小管子，把棉絮搓成一个结实的条状物，穿进去做灯芯，灯芯要塞得不松不紧，再在瓶盖上捅上一个眼，把铁管插紧，盖到已经倒入煤油的瓶子上，等煤油浸透灯芯，点起来就可以照明了。因为瓶盖是用塑料制成的，点时间长了瓶盖就会变软甚至熔化，为了可以长时间使用，那时我用的灯是不用瓶盖的。我总是先剪一个略大于瓶口的圆形铁片，在中间铣出一个小孔把灯管插入固定好，这样的灯不便于端着大幅度挪动，但只要瓶中有油点多长时间也不会出问题。后来用的就是到商店里买的煤油灯了，它的灯芯是扁平的，上面罩着一个高高的玻璃罩。由于灯头大了，又有玻璃罩挡风，所以灯光就明亮和稳定了许多。一旦玻璃罩熏黄变黑，就小心地拿下来，哈口气湿润一下，有时也倒入一点白酒转动一下，然后仔细地擦拭干净，就又能明亮如初了。我那时生活在一个叫书堂的山村里。由于住房紧张，父亲给我搭建了一个小团瓢屋。周围用玉米秸横着系起来，外边用黄泥巴抹平，还安上了一个小门。我就在那低矮的小屋里度过了初中和高中不住校的很多个夜晚。是煤油灯陪伴我学习功课，并启蒙了我的文学理想。一豆黄黄的灯光陪伴我读完了《红楼梦》《安娜·卡列尼娜》等中外文学作品。当然，那代价就是被熏得黑黑的鼻孔早晨起来散发着浓郁的煤烟气息直呛喉咙。上高中住校，晚自习后汽灯熄灭了，我就会在宿舍的床头点起自制的小煤油灯来，硬是把在"读书无用论"盛行时没学好的课程慢慢补上了，高中毕业时才能考上学，走进了一片新天地。

　　整个高中阶段，我们那叫大孤顶子的学校还是没有通电。但可喜的是，我们上晚自习用上了汽灯。先在汽灯底座里面的油壶里装上煤油，然后向油壶里打气，让其产生一定的压力，使煤油能从油壶上方的灯嘴处汽化状地喷向灯嘴上石棉做的纱罩灯头。汽灯上部有一个像草帽檐一样的遮光罩，石棉灯罩是洁白的，汽化的煤油能充分地燃烧，所以集中照射下来的灯光是

白晃晃的，亮度非常高，一盏汽灯可以把三间教室照得通明透亮。不过，一旦油壶中的气压变小，灯光就开始变红变暗，这时需要马上打气儿，否则汽灯会慢慢熄灭，并把石棉灯头熏黑，影响亮度。连续打几下气儿后，灯光就又变白了。用汽灯后，我们感到太幸福了。每天傍晚，都争着去打气儿、点灯。石棉灯罩用久了，一不小心就会弄破，只好换一个新的，点燃后要多次时大时小地放气儿来把它鼓起来，汽灯就又明亮如昼地发光了。

终于，电挟着时代前进的步伐走进了我们的日常生活，不但工作单位里用上了电，我那深山里的书堂村的家中也架上了电，用上了白炽灯，煤油灯被彻底驱赶出了生活。

后来，尽管自己的家随着工作的变换多次搬动，但始终相依相偎的是各种电灯：客厅装饰有豪华的大吊灯，顶部四周装有射灯，电视墙嵌入背景灯，壁画装有效果灯；卧室里更是五花八门，有床头灯、挂灯、壁灯，还有温馨灯、催眠灯；在书房里读书学习用的是台灯。整个家中，看上去五光十色，晶莹璀璨，时常有让人眼花缭乱之感。

是电驱赶走了煤油灯，还有我们生活中的一些其他物品如石磨、碌碡、石碾、水车等，迎来了电灯、电磨、电碾、电视机、电冰箱、电饭煲、洗衣机、空调、电脑……

电的到来，让我们倾听到了时代前进的脚步声。电能够发出热和光，从方方面面影响着我们的日常生活方式。但电这种温暖和光明的品质，更会让我们得到灵魂的洗礼。

永远的书香

　　家中有近万册藏书，一进门就会有种淡淡的书香飘荡过来。不管身体多么疲惫，心中有多少烦恼，只要在这种氛围里拿起一本自己喜欢的书来，沉浸在阅读的状态里就能得到完全缓解，再出门就又精神饱满、充满活力了。

　　这些书虽然也有一些是从北京、西安、济南、临沂等外地书店买来的，但绝大多数是从我们县新华书店买来的。

　　和我们县新华书店结缘，有近四十年的历史了。我去过的县里最早的书店在县城东部，是三间平房。那时父亲带我从他工作的大山里回老家看望祖父母要经过县城，我总是缠着父亲到书店一趟，去买一本连环画。尽管家中很贫穷，父亲还是会满足我的这一要求的。恰恰是这不多的几本连环画，让我培养起来爱买书、爱读书的习惯，并一直坚持了下来。

　　后来，自己考到县城读书了。两年里，业余时间几乎全部泡到了书店。那时书店已经搬到楼房里了，显得非常气派。这是县城里最早矗立起来的几座楼房之一，能在这么气派的书店里挑选书籍，心里有一种无来由的自豪。当时书店里还隔着一组凹字形的柜台，柜台里平摆着一些书籍，透过玻璃一眼就能看到。可是那些竖在柜台里面书架上的书有时就看不清了。那时候，刚开始拨乱反正，很多书是"文革"后第一次出版，尽管并不了解这

些书都是什么内容的，我也高兴得不得了，就怯怯地招呼服务员："同志，给拿那本书看一下。"服务员走过来问哪本，书脊厚的能看清，就直接说："《骆驼祥子》。"书递过来，自己翻看一下，然后掏出攥得软塌塌、油光光的六角钱来，服务员把书连同找回的二分钱从柜台里给我递出来。我会高兴地蹦蹦跳跳地回到学校去，认真地在书前的空白页上，用稚拙的字体签上自己的名字，写下"一九七九年九月十九日购于界湖书店"。今天重新翻看，感到更加亲切。可有时书脊很薄，但感到那本书不错，也会让服务员拿过来看，但我的手所指和服务员的理解总是发生分歧，我会说："这边这边，再往回一点，再过来一本……"次数多了，服务员会不高兴。心中尽管忐忑，但能买到一本好书也感到很满足。

那两年里，经济很紧张，去书店多，真正买书也并不多。为了多买几本书，我们几个同学约定，把星期天的菜金省下来，积攒起来去买书。平时班级里以小组为单位去伙房打饭菜，只有周六下午和周日的三餐学校会把菜金发给我们，让我们自己安排。我们就先去找学校的伙食会计把菜票换回现金，然后到商店花五分钱买上一块腌咸菜挂在床头上，凑合这四顿饭。三个星期后能积攒下一元多钱，然后就会跑到书店买来一本书。

当时自己一心想买刚刚出版的那网格本的《简·爱》一书，多次让服务员拿过来，因两元零五分的定价最终也没舍得买下来。过了一段时间手中略微宽裕一些了，再去购买，柜台上已经不见了这本书的踪影。尽管后来买了多个版本的《简·爱》，但对当时的记忆至今清晰如昨。

参加工作后，有工资收入了，我会过一段时间就从距县城五十多公里的工作单位坐车到县新华书店一趟，选购自己喜爱的书籍。若碰巧赶上清资，就难过得不得了。会在书店前徘徊不已，盼着店门打开。但最终只能怅然若失，无精打采地回去。

终于有一天，走进县书店发现已经改为开架售书了。走进去，随意翻阅，看中了就抱起来到门口去结账。

多年买书，多年读书，自己工作做得还算得心应手。业余时间写作一些文章也发表了许多，在全省也有了一些影响。自己的作品收入《中国新文学大系》（1976~2000），《紫桑葚》一文还收入了语文出版社出版的全国通用小学语文课本。

现在在已经营业了这么多年的书店旁边，又建立起来了全县标志性建筑的新华书店大楼，最近就要搬进去了。

我会一如既往地经常到书店转转，选到好书就买下来，让家中的书香永远飘荡下去……

书香远飘
第五辑

第六辑
将帅风采

　　他们身影越走越模糊了,老乡的眼睛还湿润着,在使劲盯着看。

支撑

　　早春，在山区里，风还是咬人的，但是二蛋和小春一点也感觉不到冷，他俩扛着自制的红缨枪在这座草房前站着，警惕地盯着四周。

　　草房里不久前住进一个姓胡的首长，二蛋是村支书的孩子，他叫上好朋友小春就自觉地来站岗了。

　　"哗啦！——扑腾！"突然从草房里传出一声奇怪的声响来，他俩快速地跑进去，就看到姓胡的首长神态自若地正在拍打着屁股上沾的尘土，黄色的尘埃在空中飞扬，有一股刺鼻的味道，让人有一种想打喷嚏的感觉，几块石头凌乱地躺在地上，二蛋家那个三条腿的板凳斜歪着，好似正在龇牙咧嘴、吸吸溜溜着的样子。

　　胡首长平静地看了他俩一眼，自嘲地微微一笑，摆摆手示意没什么，然后就弯下腰，双手搬动石块，向上摞着，由于石头并不规则，很难摞稳当，所以半天才摞好，接着他又扶起那个三条腿的板凳，支撑了上去，这个板凳就又可以坐人了。

　　二蛋和小春一直愣愣的，眼睁睁地看着姓胡的首长自己把这一切做好。

　　姓胡的首长看了他俩一眼，平静地坐下，又开始认真地处理文件去了。

　　他俩悄悄地退出去。半天，什么也没说。但心里有了一种异样的感觉。

　　又过了一会儿，二蛋趴在小春的耳边说了一句什么，小春点头，然后两人就走了。

日头在头顶照着,乍暖还寒的风吹着,周围的树木伸出嫩嫩的枝叶轻轻摆动着。

半天的工夫以后,二蛋和小春兴冲冲地抬着一把太师椅回来了,他俩的小脸上满是汗水,但眉眼间的高兴劲却怎么也掩饰不住。

"同志,"二蛋学着大人的样子招呼道,"您,坐这个,这个结实,坐着安稳。"

姓胡的首长一激灵,站起来,由于没怎么注意他那座位,加上起身太快,他坐的那板凳又歪倒了,支撑的石块也哗啦地又倒了。

对这一切,胡首长并没在意,眼睛认真地盯着这把太师椅,神情逐渐严肃起来。

这把椅子制作得够精美的,木头是在沂蒙山区最被看重的楸木,木工用的是透雕法,在椅背上雕的是人物图案,一老一少两个人物神态各异,栩栩如生,两边扶手下面也雕刻着梅花和鹿的图案,四条椅子腿上部,同样地装饰上了精美的木雕花边。

"这是怎么回事呀?"他一说话,二蛋和小春就又听到了这同志撇着的腔调,很好听的。

二蛋抬头看着他的脸,发现好像不是刚才那么严肃了,很和蔼的,就咧咧嘴,露出洁白的虎牙:"俺俩去大地主朱老五家借的。"

"借来给我坐?"姓胡的首长稍稍歪着头,指着自己的下巴颏问道。

"是啊是啊,你看俺家里就这么个破板凳,还得用石头支撑着,一不小心就歪倒了,"二蛋就像大人似的,用右手拍拍椅子面,"您看看,坐这个多安稳呀。"

"嗯嗯,"首长笑笑,"我看不一定,坐不好恐怕更不安稳噢。"

二蛋和小春有些糊涂了,不解地眨巴着眼睛。

"一切为了抗战,对地主我们也欢迎他们抗日,不要损害他们的利益噢,"他搬起椅子,"好沉啊!所以,这椅子我不能坐。走吧,我们给他送回去。"

二蛋噘起了嘴："哼,这些狗地主,都该斗争。不就是坐坐他的破椅子吗？"

"你这个小同志啊,这椅子破吗？嘿,走吧,前边给我带路。"胡首长在头里大步走起来了。

二蛋和小春只好赶紧跑上前去,共同抬着椅子,给朱老五去送。

走进朱老五家的大门,就见朱老五的脸色正难看着,直直地盯着堂屋正面八仙桌旁边空着的地方生气呢。

"我是来赔礼道歉的,老先生,"姓胡的首长放下椅子,赶紧握住朱老五的手说,"这两个小伢子,来向你借椅子给我坐,其实我有座位,所以来奉还,打搅了,对不起了。"

朱老五的脸上马上放晴了,满脸堆笑："不就一把椅子嘛,首长坐就是了。"

告别朱老五,胡首长健步走回来。进了草房,就躬下身子支撑自己的座位。二蛋和小春也赶紧跑上前去搬起石头向上撅着。不一会儿,座位就支撑好了。姓胡的首长稳稳地坐下,又忙起他的工作来。

几天后,朱老五送来六十杆枪,说是支持共产党抗战的。

此后,朱老五从没给过国民党的部队一杆枪,倒是经常给共产党的军队送这送那的,成了著名的开明人士。

十多年后,二蛋已经当上了村里的支部书记,有一次读报纸的时候才知道,那姓胡的首长,已经是我们的一位重要领导人了。

紫桑葚

"小鬼,怎么好像不太对头啊?"他四下里扫了一眼,问警卫员。

警卫员扭头向西面的山峰看一下——每个山头硝烟滚滚,枪声炮声此起彼伏——就把两脚"啪"地一并:"报告首长,老乡都躲了,门没顾上锁。"

"哦,打仗嘛。"他若有所思地点点头,"咱们就在这里落脚吧,老乡的东西,我们要照管好啊。"

紧张忙碌过后,瞅点空隙,他走出房门,两手举过头顶,伸了个懒腰,然后看看田野里的青草和绿树,感到舒坦了一些,正想转回身去,钻进耳朵里的枪炮声中,似乎夹杂着一种若有若无的"嗞嗞"的声音。他仔细听了一阵,就来到西屋门口。警卫员立即跟了过来。他先敲了敲门,没动静,就慢慢推开虚掩着的秫秸扎的门。迎门是一个大秫秸箔篓,里面养着已长到一寸左右的蚕宝宝。一条条蚕虫,在蠕动着,叠压着,有的还把头抬起来,来回扭动几下。他笑了笑,慢慢退出来,又轻轻地把门关上。

回到正房的指挥所,他问了一下25、26、27师所在的具体位置,命令道:"不许从任何人手下漏掉一个敌人!"

他端起茶杯,举到嘴边,还没碰到嘴唇,又猛地放下,桌面被碰得响了一声,人们都抬起了头。他谁也没看,大声叫道:"警卫员!"

"到!"两个警卫员跑到他跟前,举手敬礼。

他严肃地看了他俩一眼："我命令你俩，马上去给我采一筐桑树叶子来，要干净，要肥实。"

警卫员稍一愣神，随即大声应道："是！"看着警卫员跑步出了院子，他的脸上露出一丝微笑。然后，又大步走到地图前，看了看部队目前所在的位置，轻轻地舒了一口气。

一个多小时过去了，两个警卫员还没回来。他默默地站起来，又慢慢地走到西屋门前。手刚伸到门上，又猛地缩回来。他自嘲地笑了笑，走到大门口：

"这两个小鬼，怎么搞的？"

又过了一会儿，门口传来怯怯的声音："报告首长！我俩没看到桑叶。"

他看了他俩一眼，见他们还喘着粗气，一副疲劳的样子，就把心里腾起的火强压下去，指指他俩，冷冷地问："怎么回事？"

警卫员回答："在方圆两公里之内我们找了一圈儿，没有桑树，所以……"

另一警卫员说："西边倒是有三棵桑树，但被炮火打得光秃秃的了，树上一片树叶也没有了。"

他锁着眉头，没吭声。过了半天，才又轻声说道："你俩再去一趟，要扩大搜索的范围。"他把手使劲儿往下一按，声音略大了一点儿："但必须采到桑叶。"

"保证完成任务！"两人的眼角有点儿湿，敬礼后拿着筐又跑了出去。

四下里的炮火仍很激烈。他的心里有点儿为自己的警卫员担心，两个小鬼可要小心哟。他不敢分散自己的精力，又马上把注意力转回到对战事的考虑上。

太阳已经过午，当他再次抬眼往大门外看时，两个警卫员终于走进了视野。

两人抬着一大筐碧绿的桑叶回来了，脸上显露着兴奋的神情。

他走出来，高兴地说："给我给我，你俩快去喝口水。"

但警卫员并没有走，与他一起抬着桑叶来到西屋。

他瞅着一个个蚕宝宝，嘿嘿地笑着，慢慢抓起一把桑叶，反过来顺过去地看了看，没有杂质，只是叶柄上带着几个紫色的桑葚。他把桑葚摘下来，塞到警卫员的嘴里。

警卫员没防备，只好吃了："首长？"

他笑了："慰劳你俩一下。"

说着，他小心地把桑叶撒到簸箩里。蚕宝宝快速地蠕动起来。唰唰唰，绿油油的桑叶一会儿就被咬出一个个大豁口。他又抓起一把桑叶，摘下桑葚，放到旁边的一只小凳子上，再把桑叶撒给蚕宝宝。

警卫员看到首长非常投入，就咂咂嘴，小声说："首长，桑葚真好吃，您尝尝吧。"

他摇摇头："不，给房东的孩子留着吧。"

炮火越来越猛了……

不久以后，被写入战史的孟良崮战役胜利结束。

躲出去的房主人回来了，他发现自己养的蚕吃得很饱，旁边一只筐里还有小半筐桑叶。在一堆紫色的桑葚边，还压着一张纸条：

打搅了，感谢给我们留门。

看到这里，老乡的眼睛湿润了。蒙眬中，他发现那堆紫桑葚更鲜亮了。

请香

拨开门口的丛草和荆棘，粟裕走进洞内，环顾了一圈，笑道："沂蒙山区就是有特色，同志们看，这山洞像不像一把扫帚啊？"

大家一看，还别说，这个叫张林的山村后边的山沟中的这个洞穴，进口狭窄且长，有五米左右，再往里面就出现了一片椭圆形的开阔地，整个洞的形状，真的像一把扫帚，就都说："像，太像啦。"

孟良崮战役已经正式打响，粟裕在西王庄的指挥部待不住了。与陈毅商量后，决定由他到靠近战场的地方去就近指挥。这不，和陈毅分手后，他把前线指挥所设在了这里。

看看指挥所安置好了，负责生活安排的小何和小周就又走出了洞口。他俩想着，还有一件事应去抓紧办好。过了好长一会儿工夫，他两个人气喘吁吁地扛来了两扇门板。放下后，两人就瞅着门板光想乐了。

南部靠近孟良崮的所有山头上，都响着激烈的枪炮声。指挥所前，敌人的飞机也在频繁地转悠着，不时扔下几颗炸弹。不过大多数时候，洞内除时常响起的电话和电台声外，也就是洞顶时时滴下的水滴的落地声了。

粟裕一直在军用地图前，踱着步，思考着，这时抬起了头，先发现了多出的门板，继而看到他俩的高兴劲，就问："你俩这是干的啥子哟？"

他俩看着粟裕，都咧着嘴笑了。

小何回答说:"粟副司令,我们到村里老乡家借了这两块门板,想给您当床用。就是太硬了,但实在找不到床,只好将就一下。"

小周接着说:"地下这么潮湿,您身体又不好,所以……"看到粟裕的脸色越来越严肃,小周赶紧住了嘴。

"你们还打算在这里安家? 门板是老乡守家的,你俩把它借来,老乡怎么关门呢?"粟裕话说得低沉而平稳,他俩却感到了很沉的分量。

小何小声说道:"我们和老乡一讲,老乡就同意了的。"

粟裕不高兴地瞪了他一眼:"再说了,沂蒙山区有个风俗,大门安上以后,一般是不能再摘下来的,只要安门,就得点香烧纸,摆上供品供养一番,你俩怎么能随便就把门给人家摘了。我们每到一个地方,都要尊重这个地方的风俗,这是纪律,你俩不懂吗,嗯?"

"这里是老区了,老乡的觉悟高,没听着讲究这些啊。"小周也想争辩一下。

"别说这些了,"粟裕摆摆手,"马上给老乡送回去,并给老乡道歉,告诉老乡,仗打完后,我去看他时,再向他解释。"

他俩看看洞顶往下正滴落着的水珠,瞅瞅潮湿的地面,还想磨蹭。

这时四纵报告他们已到达石旺崖,粟裕看看地图,拿起红笔,标上了一个标志,高兴地笑了。

一转眼,看小何和小周还在,门板也还在地下躺着,粟裕用右手食指着他俩:"你俩现在马上去给我办好。"

他俩只好扛起门板,不情愿地走了。

过了将近一小时的时间,他俩又回来了,噘着嘴:"报告首长,门板已送还老乡。"

"好。"粟裕这才对着他二人露出了笑模样。

他俩犹豫了一下,又汇报道:"我俩本想和老乡一起把门板安上,老乡说什么也不让我们干,我俩就回来了,这……"

粟裕一摆手:"知道了。"

夜晚来临，粟裕就躺在洞内铺的高粱秸上休息。不过每次起来，总不自觉地用手捶着腰部。

三天后，孟良崮战役结束，指挥所又要开拔了，粟裕招呼着："小何、小周，领我到你们借门板的老乡家看看去。"

两人有点吃惊："首长，真的还去看？"

粟裕问："我没有说过吗？"

"说过，说过。"他俩伸伸舌头，赶忙说。

他们从洞内出来，步行走了四里多路，才来到老乡家。

大门敞开着，那两块门板还在院内的地上靠墙放着。一个四十多岁的男子吸着旱烟袋，正在院内拾掇农具，邦邦地敲巴着。

粟裕大步走上前："老乡，卸了你的门板，对不起了，我给你赔不是来了。"

"嘿，你们又没使，"老乡腼腆地笑笑，宽慰似的说，"再说，俺家里也穷得叮当响，上不上门板，也没有什么大碍啊。"

粟裕从包里掏出点钱："战斗结束了，这是咱们自己的北海币，你用这点钱请点纸和香，买点供品供养供养，抓紧把门板安上吧，这毕竟是守家的。"

老乡一时不知说什么好："这、这……"

"别说了，谁让有这风俗呢！我们就要出发，先告辞了。"粟裕走到两块门板跟前，用力地拍了拍，转身向大门外走去。

他们身影越走越模糊了，老乡的眼睛还湿润着，在使劲盯着看。

玉米草

战斗已经打响,部队在顺利向孟良崮推进,陈毅从西王庄向设在张林村北山沟扫帚洞里的前线指挥所走着。接近到达目的地的时候,陈毅下了车,步行着。而恰在这时,路边一家农户里传出了一个女人撕心裂肺的痛苦呻吟声。

"去看看,是啥子个回事?"陈毅把下巴抬了抬,指着这户人家,安排了一声。

马上有两个跟随的警卫战士走了进去,很快就急火火地转了出来,报告道:"有个妇女躺在床上打滚,好像病了。"

随行的卫生员右手抓了抓肩上背的卫生箱的背带,往身后挪挪卫生箱的位置:"首长,是不是我去看一看,给治疗治疗?"

陈毅满意地笑了笑,点点头:"有什么情况回指挥所再向我汇报。"

在前线指挥所里,陈毅听粟裕介绍了战役的最新进展情况后,就立即紧张地投入工作中去了。

洞外的太阳偏西斜时,卫生员那清脆的女中音才在洞口响起:"报告陈司令员,那个妇女不是病了,而是生孩子。她的公公和婆婆都被国民党的飞机炸死了,丈夫为报仇支前去了。所以我在那里给接生了个男孩后,又照顾了她一阵子,才回来。"

"好,很好,"陈毅抬头看看女卫生员,看她好似还有话要说,就催道:"还有啥子事?说。"

"这个妇女,要我给拔点玉米草烧水喝,可我不知道玉米草是什么?"卫生员不好意思地笑笑,低下了头。

有人插话说:"就是玉米苗子吧。"

这时电话又响了,陈毅接过话筒,听了一会儿,说道:"何以祥同志,你们三纵一定要把十一师坚决堵在常路东南方向,不许他们前进一步。"

陈毅看着墙上挂的军用地图上的标志,此时对七十四师的包围圈已经形成了,他这才稍稍松了一口气,喊道:"卫生员,你没问问那个妇女,玉米草是啥子个样子吗?"

卫生员回答:"问了,她说就是一种草,坐月子都得喝的,叶子三个瓣,开小红花。"

"这还不简单,"陈毅摊摊手,"到地里找啊。"

"我去找了。可找了半天,我就是不认识。拿回去的,她说都不是。"卫生员小声说着,好像自己有什么过错了。

"玉米草,玉米草,"陈毅小声嘟囔着,在洞内转来转去,使劲一甩手,"玉米草,到底是一种啥子东西哟?"停一会儿,又走动起来,"玉米草……益母草,益母草,"嘟囔到这里,他突然停住,大声说,"俺们四川倒有一种草,叫益母草,产妇生产后可熬水喝的,这个妇女说的肯定是益母草,你听成了玉米草。"

卫生员有点委屈,争辩道:"没听错,她说的就是玉米草。"

陈毅又问:"她说叶子三个瓣,开红花?益母草就是这个样子。俺四川倒多得是,山东的沂蒙山区是不是有,这就需要咱们亲自去验证一下了。"说到这里,他就向外走去。

"飞机常来扔炸弹,出去太危险了。司令员,你可千万不能出去。"指挥所的人都叫道。

陈毅笑笑:"我命大,不会有啥子事。"

指挥所外这条山沟里有很多岩洞，号称千人洞。大的像指挥所那么大，小的仅有一平方米左右。整条山沟里布满杂草，洞口都被遮得严严实实。

陈毅在草丛里走着，警卫员和卫生员紧张地快速跟着。但陈毅好像什么事儿也没有的样子，先观察了一下战场上的情况，然后眼光就在草丛里转悠起来："一个叶三个瓣，一个叶三个瓣，看好了啊。"

突然，他指着前边："这一棵不是？"

人们围了过去，只见这棵草的茎有四条棱，全株有短毛，叶对生着，每个叶都长成三片，开的花很细小，但密集成团，一朵朵都长在叶腋的位置。

"好了，你拿去问问那个妇女，是不是她说的玉米草。要是的话，你就多采点。不过，你先随我回指挥部一趟。"陈毅安排完卫生员，就向指挥所走去。

回到洞内，陈毅拿出一个纸包："我这里还有点红糖，你一块给带去吧，产妇吃了，绝对有好处。"

"首长，你？"

"去吧。"

一直到天快黑了，卫生员才回来："司令员，那就是她说的玉米草。您太有学问了，我怎么就……"

陈毅神情轻松地问她："产妇怎么样了？现在谁在照顾她？"

卫生员高兴地说："她身体还有点弱，现在，本村的一个亲戚去侍候她了。"

"好哩好哩。"陈毅爽朗地笑了几声，又走到地图跟前去了。

棉衣

山路崎崎岖岖地挂在眼前,罗荣桓的眉头皱成一个疙瘩,脚步迈得异常沉重。由于日本鬼子对沂蒙山区的疯狂扫荡,这里一片凋敝。老百姓的日子很难过,部队也困难。冬天就要来临,战士们过冬的棉衣还缺棉花絮呢。他怎能不愁闷!

昨天他碰到一个放羊的老汉,突然想到了用羊毛当棉絮套棉衣的点子,可一问,老人家断然摇头否定了:"不中,这玩意儿又脏又膻,一到阴雨天就返潮,套上后一穿就滚成蛋蛋。"

山草已经变黄,树叶在纷纷落下,一片一片的,在罗荣桓的眼睛里好似一块一块石头,沉重地压在了他的心上。

突然,他从口袋里掏出钱,叫过警卫员来:"拿着,到老百姓家里给我买点羊毛拿回家去。"

警卫员怔了一下,接过钱,转身走了。

"我就不信!"罗荣桓自言自语着,迈动大步向前走去。

"臊死人啦,你让警卫员买羊毛回来干什么?"下午,罗荣桓一进家门,他的夫人林月琴就嚷起来。

他笑笑,好似突然想起了什么,正捶着腰的手停下来:"在哪里放着,快让我看看。"

"那不，在后墙根里。"林月琴指着一个大包袱说。

他奔过去，慢慢解着包袱上系着的扣子，第二个扣子系得太紧了，他趴上去，用牙咬着扣子的一股，头一拧一拧的，过了半天这个扣子才解开，他长长地出了一口气，用手背擦擦额头上憋出的汗，鼻子一吸，一股刺鼻的腺臭味钻入脑仁深处，恶心得有点往上撞，他不在乎这些，用手将那些黑黑白白掺杂在一起的羊毛扒拉开来，里面偶尔会露出一个黑色而光滑的羊粪蛋来，他顺手拣出来，回过头来问道："月琴，老百姓哄孩子怎么唱来着？扯大锯，拉大槐，拉到老娘门口扎戏台，老娘不给饭吃，给个羊粪蛋吃，烧烧、扒扒、吹吹，没了没了。"

"还不吃饭，干什么呀？"林月琴生气地瞪着他。

"晚不了晚不了，趁天还亮堂，先和我去干活吧。"说着，提起包袱就走。

林月琴赶紧跟上来："你的腰不是难受嘛，你先歇歇一下，我和警卫员去干吧。"

"一块去，一块去。"

他们一起来到村前的小河边，罗荣桓说："先把羊粪蛋和杂草拣出来，然后洗，把它彻底洗干净。"

罗荣桓抓起一把羊毛，伸到正在哗哗流淌的河水里，河水清澈，刺骨的凉，他打了一个寒战，腰部也又有了感觉，他的湿手下意识地又向腰里捶了几下，腰眼处的衣服花花答答地湿了一片，在夕阳的照射下有些刺眼。

天渐渐黑下来的时候，他们才把这一大包袱羊毛洗完，并且把水分大多攥了出来，但毕竟湿了，他们抬着往回走时，非常沉重。

第二天下午，这些羊毛晒干了，罗荣桓和林月琴商量道："今天晚上加个班吧，用这羊毛咱们做件棉袄，试试行不行？"

晚饭后，林月琴拿出一块布来，比照着罗荣桓的身量，剪裁出布片来，先用针缝住两面，另两面留着。

这时罗荣桓也已经把羊毛撕扒得很均匀了，它们已经抟挲起来，显得很暄腾了。他俩在布料上认真地铺着羊毛。

窗外，秋虫在唧唧地叫着，一轮即将圆满的月亮挂在半天空里，向下洒着清冷的光辉，整个大地一片洁净。

"应该翻过来了吧，我和你一起翻。"罗荣桓看到絮得差不多了，就建议道。

他们一人抓这头，一人抓那头，小心地从两层布之间伸过手去，抓住布料的另一端，向自己身边掏过来，布料慢慢地翻卷起来，逐渐地有羊毛的一面翻转入下面，布料光滑的一面翻卷了上来，羊毛在两片布料之间夹住了。

罗荣桓瞅着已经成形的袄片，无声地咧嘴笑了："老大爷说不行的，我想只要横竖地多缝上几道线，缝得密实一些，应该滚不成蛋的。月琴，你一定多缝几道线，横竖都缝。"

"好啦好啦，忙你的去吧。"林月琴催他走。

他走到桌前坐下，就着灯光看起文件来，思考着即将来临的冬季作战方案。

月光渐渐西斜了，房前林木的影子又向东拉长了一大块。

林月琴已缝制成了这件棉袄："来，老罗，试试吧。"

罗荣桓站起来，伸伸懒腰，打着哈欠："好的。"他一边捶着腰眼，一边快步走过来，快速地抓起棉袄来，两手反复地揉搓着，再抻开来，然后甩动几下，又铺到床上，仔细地摸摸："蛮好的嘛，好、好。"

天明后，他就让部队去农村里收购羊毛，然后组织战士在河边洗，他们一边往外拣羊粪蛋，一边唱着罗荣桓刚教的歌谣："扯大锯，拉大槐，拉到老娘门口扎戏台，老娘不给饭吃，给个羊粪蛋吃，烧烧、扒扒、吹吹，没了没了。"

罗荣桓的眉头舒展着，无声地笑了，转身大踏步地离去了。

牛奶

刚过春节不久,尽管气温已有所回升,但天气还是很寒冷的。

日本鬼子又来扫荡,用了两天的时间,在这个叫九子峰的小山头上,把日本鬼子和伪军打死打伤一百九十多人,还缴获二十五匹战马,胜利了。

"咳,咳!"徐向前正从战场上走下来。他来山东时就患有肺病,整个冬天一直不很舒服。现在尽管咳嗽着,但因为刚刚打了胜仗,他显得很兴奋,红光满面,大踏步地走着。

小风呼呼地吹着,路边的小田沟里仍结着冰,在阳光的照射下,不时地反射出耀眼的光芒。

徐向前突然停下了脚步,其他人也都疑惑地站住了。

"咳,咳,听。"他指指左边一座低矮的小院,人们看过去,院墙是用石头干插起来的,一点嵌缝的材料也没有,院中靠后坐落着两间小草房,一头牛似的趴在那里,徐向前神色急切地问道,"什么声音?"

屋里传出的是婴儿的哭泣声,声音有些嘶哑。

随从的人们随意地答道:"小孩子的哭声嘛。"

"是孩子的哭声。问题是,好像不太正常啊。警卫员,去看看是怎么回事儿?"徐向前挥挥手,仍站在原地,并不走。

过了半天,警卫员才走回来:"报告首长,是一个老乡,他的婆姨生娃娃

123

后,奶水不够,经常饿得哭。"

徐向前的右手握成拳头,用虎口处往自己的额头上一下下地敲着,过了一会儿,猛地把手摔下去:"咳咳,造孽哟。快赶走日本鬼子,好让老百姓过上好日子。"

他们继续往前走去,徐向前的脚步变得沉重起来,队列中的气氛有些沉闷。

回到驻地,徐向前安排了一下工作,就翻弄着找寻起来。

看他低着头,这里翻翻,那里找找,警卫员忍不住凑过去:"首长,您找什么啊?"

"奶,牛奶!"徐向前头也不抬,继续寻找着。

警卫员马上过去给拿出来,递到他的手上。这是上级为了让他早日养好病,特意给配备的。平时,都是警卫员给珍藏着呢。

徐向前接过来,又问警卫员:"不是还有点白糖吗?"

"有啊。"警卫员又拿出了一个用草纸包着的小疙瘩,递过来。

徐向前没有接,而是把自己手里的牛奶放到了警卫员手里:"都拿上,你回去一趟,把它送给刚才的那家老乡。"

警卫员一下子怔住了,眼睛瞪得大大的:"首长,一共就这么多了,您的身体……"

"咳咳,别说这个!现在你立即送去,同时要告诉老乡,困难会过去的,一定要想法抚养好孩子,噢,对了,不要说是我让你送的。"

"不!"警卫员有些别扭,他知道首长的身体很虚弱,供应又不太正常,送走了还不知道到啥时才能再搞到一点。

徐向前不高兴了:"那好,你不去我去。"

说着,把警卫员手里的东西拿了过来向外走去。

"我去我去。"警卫员跑上来想接过去,徐向前没放手。

"我我。"警卫员在一边自责着。

徐向前笑了笑:"我这毛病,多走走,多晒晒太阳,就好了,已经出来了,就一块走走吧。"

"首长,我……"警卫员还在忐忑着。

徐向前把东西递给他,眼睛向远处看去:"行了,不再说这事儿啦。老乡不容易啊,苦噢。你看这沂蒙山区,和我老家山西的山区差不多。咱们是共产党的部队,不管什么时候,都要关心老百姓的生活啊。"

已经看到老乡的房子了,徐向前停下来:"你去吧,我在这里晒一下太阳。"

这是一道高高地堰,因为挡风,又朝着阳光,地上已经萌生出几株紫褐与碧绿掺杂在一起的植物。他蹲下来,伸出手,轻轻地拨弄了两下子,眯着眼睛,翚起鼻子,低下头使劲嗅着。

"报告首长,我给老乡送去了。"警卫员回来时,看到他正在眺望着远处的山头。

一个半月以后,徐向前要走了,回延安。临走的前一天,他把口袋逐个翻了一遍,一共翻出了一元钱,连同牛奶和白糖,一并交给警卫员:"咳,咳,你再给那个老乡送去吧,就是这一点了,咱们住的这青驼寺,离那儿有十多里路,辛苦你一下吧……"

警卫员的眼窝湿润了,怪不得首长这些日子一般不吃菜呢,原来是为了节省那每天五分钱的菜金呢。

至于牛奶,从那天以后,只要不是离得太远,他总是让警卫员给那家老乡送去。

第二天上路后,警卫员发现,首长的脚步迈得很轻快……

烧纸

六纵副司令员皮定均带着他的队伍正走着。被俘虏的国民党七十四师的少将副参谋长李运良、上校副旅长贺翊章、少校团长黄政、侍从秘书张光第等在队列中被战士们看得紧紧的。他们交换了几次眼色后，又磨蹭了半天，张光第战战兢兢凑过来，用请求的口气说："长官，我们想再看一看我们的师长，请求您批准，行不？"

听到这话的战士大都撇了撇嘴，有的甚至小声嘟囔着："想得美！"

皮定均脸上毫无表情，他抬起头看看天空。敌机不时地就飞临到了头顶上，孟良崮战役刚刚结束，大批的国民党军队马上就赶过来了，我军正在迅速向东、北方向撤退，准备休整。而这时他们所在的位置距离刚刚被埋葬的张灵甫坟墓还有近五公里的路程，答应这一要求，就意味着多转路，甚至会贻误撤退良机。皮定均皱着眉头又走了一会儿，才摆了摆手，转身向野竹旺方向走去。

皮定均在战役结束后，接受的第一个任务就是埋葬被击毙的七十四师师长张灵甫。他的战士刚才已经向他报告这项工作已经完成，他正在轻松地走着，不想因张光第们的这一请求心情又沉重起来。

他们快速地奔向野竹旺村后，很快就找到了目标。一片平地上新拱起了一个坟包，坟前的白色木牌上清楚地写着的字标明，这就是张灵甫的埋身之处。

被俘虏的这几个国民党官兵相互看了一眼，眼圈红起来，接着扭过头，猛然地扑过去，趴在这座新坟前痛哭起来："师长，我的师长啊……"

皮定均和战士们站在一旁，冷眼看着他们，不时地甩甩脚上沾着的黏泥，打完仗那天傍晚下的这场雨确实不小啊，地里还这么黏！

看着他们鼻涕一把眼泪一把地哭着，有一个战士走上前去，抬脚就想向其中一人的屁股踢去，与此同时皮定均已经快速地在后边抓住这个战士，并把他拉了回来："胡闹台！你要干什么？"

这个战士噘起嘴来，不服气地说："他这是跟着蒋介石卖命的下场，哭什么哭！"

皮定均的脸色逐渐凝重起来，抹了抹下巴，并甩了一下手，然后慢慢转过身，仔细地翻起自己的口袋来，翻了半天，找到了一把零钱，他表情严肃地递给这个战士，小声批评道："你差一点犯纪律，罚你去买点儿烧纸来。"

这个小战士接过钱来，茫然地看着他。

他用手指指前面的村子："这个村子叫野竹旺，你去买点儿烧纸让他们给自己的师长烧一下，同时买点儿香和供品，要快去快回！"

"啊——是，副司令员。"这个战士张着嘴巴，一脸的不情愿，但还是快速地去了。

皮定均又走上前去，蹲下身，轻轻地拍拍张光第的后背："别哭啦，你们都起来。"

他们很听话地站起来，不知所措的样子。有的还呜咽着，用手背擦着眼睛。刚才发生的一切，他们全然不知。

清了清嗓子，皮定均继续说道："你们也都看到了，跟着国民党打内战、反人民，就是这样的下场。你们的师长，可悲！你们师长的牺牲，应该惋惜，但毫无意义。你们呢，一定要好好反省啊。"

看到去买祭品的战士远远地向这走来了，他接着说："军人战死在疆场上是应该得到尊重的，这关系到军人的尊严。所以，你们要来看师长，我们同意。但时间仓促，你们就按照沂蒙山区的风俗祭祭你们的师长吧？"说着，

他从战士的手中接过祭品来,递到张光第的手上。

他们不相信地睁大眼睛,眼泪哗哗地流下来。此时,他们的心灵才被强烈地震动了,一边哭着一边说:"呜呜呜……长官,谢谢啦。"

他们打纸的时候,皮定均又递过去一张纸币,示意道:"印印。"

供品摆在了供养台上,点着的香插在了泥土里,黄纸烧起来,黑黑的纸灰飞扬着逐渐变白又落下来,皮定均和战士们站在一边,耐心地等他们致祭品,浇烧酒,跪磕头……

香荷包

"沂蒙人民真好啊,我们以后永远不能忘了他们。"秋阳高照,天高气爽,张云逸出了临沂城,正向前走着,看着眼前的一片原野和正在忙碌着收秋的农民,突然发起感慨来。

张云逸来临沂后分管战勤工作,主要抓地方武装的组建等,提出了"保田、保家、保饭碗"、"到前线去,到主力去"等口号,沂蒙人民送子送郎参军又掀起了一个高潮,群众的拥军支前活动也搞得轰轰烈烈,随同人员心里都明白,他是既高兴又感动啊。

"是啊,是啊,这里的老百姓太好了,不愧是老解放区啊。"随行的同志都一致称赞道。

今天他又要到村子里去看一看,检查一下有关的工作。刚进村,见有个近四十岁的妇女在门口抱着八九个月大小的孩子，正两手托着孩子的腿弯，让两腿分开，在让孩子解大便，地上已经有了一坨黄黄的排泄物了。张云逸走上前去，热情地打着招呼："老乡，你好啊。"

妇女一抬头，看到是张副军长来了，脸腾地红了，迅速让自己的身子扭了扭，不让孩子的裆部正对着首长："首长，你看俺……"

"秋天了，农活忙了哟。"张云逸看她不好意思的样子，赶紧问道，"今年收成怎么样啊？"看到孩子胸前挂着一个用布缝制成的小物件，上边布满精致的针线花纹，"这又是什么呀？"

妇女逐渐不再窘迫了，神态渐渐变得自然："收成还能凑合。弄个孩子，还不会走，光占人。这是香荷包，避邪的。"

"很香的哟。"张云逸拿起来闻了闻，笑着说。

孩子排出的大便，在阵阵吹来的秋风里，有股丝丝臭味不时地向人们飘来，个别随行人员捂着鼻子，把身体转向一边。

张云逸略略皱了皱眉头，但并没说他们什么，而是继续和妇女随意地聊着："孩子长得真可爱，等新中国到来的时候，他们就会生活在幸福中了哟。"

"您看，我也不能给你们拿座位，"妇女继续托着孩子，难为情地说着，从侧面低下头去，看了看孩子的屁股，突然抬起头来，嘴里唤道，"嚎儿——嚎儿——"

人们都不明白是怎么回事儿，正奇怪着，就看见一条大黄狗踱着不紧不慢的脚步跑了过来，妇女托着孩子的腿把孩子的屁股抬了起来，正对着黄狗，黄狗的嘴巴向孩子的裆部伸去。

张云逸心里猛地一惊，迅速抬起右脚，在狗就要和孩子接触的一刹那间把狗蹬了一脚，大黄狗那尖尖的嘴巴偏离了孩子的裆部。它慢慢转过头来，看到一个威武的人凛然不可侵犯地站在那里，遂慢慢地走到一边去了。

妇女的脸色一变，继而明白过来，笑了："不是，不是呀，俺是叫大黄给孩子舔腚啊。"

"哦？"张云逸很是疑惑。

将帅风采 第六辑

随行的人中有明白的,赶紧解释说:"沂蒙山区这个地方,很多家庭在孩子大便后,就让自家喂的狗给擦屁股了。大人呢,很多都是随意找块土坷垃啊石头蛋儿啊的解决问题。"

"是吗?"张云逸又转向妇女,说,"老乡,这样太不卫生了。再说狗也容易带一些病菌,会传染人的。"看那妇女仍托着孩子,他赶紧掏起自己的衣兜来,终于在第三个口袋里找到了一个小纸团,他迅速展开来,两手捯了捯,让纸更加平展一些,快步走上前,弓下腰去,给孩子擦起屁股来。

"这、这……"妇女一急,说不出话来了。

"哎、哎……"随行者也没想到,一时愣住了。

"别动别动,马上就好。"张云逸笑着说,"哟,小家伙,又来了?——好了。"

他毕竟五十多岁了,直起身体来直得比较慢,但脸上的皱纹里满是笑,同时右手使劲甩了两甩,他的手被孩子刚才又一次排出的少许尿给弄湿了。

"首长,这怎么好,这怎么好。"妇女喃喃着,迅速把孩子转过来,抱在胸前,"快家走洗洗手。"

"好的好的。"张云逸笑笑,随着妇女向院门里走去,他知道若不洗一下手,老乡心里会过意不去的。

这时,大黄狗瞅准了空子,快速地扑向了孩子排在地上的大便。

他一边洗着手,一边和妇女继续说着话:"咱们现在生活还不安稳,仗还要继续打。部队纸张也很匮乏,农村更缺了。老乡啊,孩子的屁股绝不能再让狗舔了啊。"

张云逸见妇女抿着嘴,使劲点头,就接着说道:"我知道,确实没有纸,但一定要想想办法。"他脸上的皱纹在额头处迅速集合起来,隔了一会儿,才又以商量的口气问道,"庄稼的叶子,树啊草啊的叶子,光滑的干净的是不是也行啊?"最后又有些无奈地说,"干净的石头块也比狗卫生啊。"

随行的人们,有的眼角湿润起来,赶紧转过头去,快速抹一下。

"你说说这熊孩子,怎么就这么不知好歹呢,把首长的手都尿湿了。"妇女看他洗完了手,又一次道起歉来。

"小家伙,快长大啊,"张云逸摇摇头,笑了笑,"到你长大的时候,肯定不用打仗了,也肯定有纸擦屁股了。呵呵呵,让我再闻闻你那香荷包。"说着,又拿起孩子胸前的香荷包在鼻子前嗅了嗅。

看到妇女终于轻松地笑了,随行的人们也都笑了,张云逸说道:"同志们,咱们走吧。"他在头里,大步向前走去。

天空好似更高了,更蓝了,凉爽的风吹过来,给人一种舒心的感觉。

磕头

大年三十的下午,村子里响起了此起彼伏的鞭炮声,晚饭后张经武又信步在村中转悠起来。

从延安到达岸堤时是十一月,张经武是参加过长征的,很善于做群众工作,一有空,马上就和当地的群众拉呱起来,很快就适应了沂蒙山区的工作,可谓如鱼得水。今天过年了,他也闲不住,工作了一天,他想趁除夕夜看看当地的风俗习惯,顺便也多接触一下普通老百姓。

天,上黑影了,街道和巷子里,时常有几个孩子跑来跑去的,大人们也三个一群五个一伙地走着。他走到大地主刘家的门口,看到里面张灯结彩

的,院子里有很多人,穿梭着,忙碌着。边上不远处的很多低矮的草房里,却没有这种热闹。他想这就是穷百姓和地主的区别了。于是,他转身走进了一个黄土墙的小院落。屋子里一豆微弱的灯光,主人一家正要出门的样子。他在门外就招呼道:"老乡,过年好啊。"

"啊?啊,是工作同志啊。"省委和干校来岸堤几个月了,张经武来得晚一些,可很多老百姓也都感到面熟,知道是共产党的人。

"晚上还出去?"张经武微笑着,就不打算进门了。

主人很热情:"快,进来喝水。"

"不了,我也是随意转转,有事儿忙去吧,我再到别处走走。"

主人有些不好意思的样子:"工作同志不讲究,可俺这里年五更有个风俗,请家堂,这不得去给祖宗磕头啊!"

他明白了,赶紧说:"哦,应该应该,快去吧。"一边和这家人向外走,一边又问道,"请家堂?怎么个样子啊?你给我说一说好吗?"

"就是请祖宗,年三十下午放鞭炮请回来,初一下午送走。一支的本家,每年轮流着在家里挂出家堂轴子,上面画着祖宗像,供上供品,都去磕头。"老乡解释着。

张经武明白了,就问:"我想看一看这个仪式,我和你一块去行不行?"

老乡一家都笑了:"当然可以,可一般外人没有去的。"

张经武不明白,疑惑道:"怎么?"

"供桌前铺着一块垫子,只要进了门就得跪下磕头。不是自己的祖宗,谁想给人家的祖宗磕头啊。"老乡解释说。

"噢——"张经武闭了闭嘴唇,使劲点了点头,又问道:"去不会给主家造成什么麻烦吧?"

老乡赶紧笑着说:"不会不会,都很喜的。外人有去的,说明这个家族人缘好,越多越好啊。"

张经武想这不也是联系群众的一个好的途径吗,再说了,已经去世的一代一代先人,当然应该尊重,就说:"那,我去。"

"真的？"老乡似乎还不相信。

张经武认真地说："老哥，我不会磕头啊，进门后你先磕头，我在后面看一下，然后再磕。"

说着说着，他们就到了请家堂的地方了，只见院子里也比较明亮，主要是这家的院子比较大，东屋西屋里也点着油灯，堂屋前的磨盘上竖着翠绿枝叶的竹子，家堂帐子里家堂轴子挂得端端正正，陆陆续续来的他们本家人都自动走上前去，在供桌前的垫子上恭敬地双膝跪下，按照一步步的程序奠酒、破供、磕头。

"来啦。"人们热情地招呼着，同时也对张经武的到来有些惊奇。

一起来的老乡赶忙解释说："南庙的工作同志也要来磕头。"

省委和干校来后一直住在村南的庙里，岸堤老百姓都习惯这样称他们。听这么一说，在场的人都肃然起敬，全都站立了起来："哎呀，这还了得，这还了得！"

张经武真心地说道："我们这些工作同志也都和大家一样，普普通通，有父有母，也是祖宗一代代传下来的，已经去世的先人是一代代的长辈，后人敬仰他们，供奉他们，不忘记他们，是不忘本的表现。所以，我既然来了，就给历代长辈磕个头吧。"

人们仔细地听着，在还没完全反应过来的时候，张经武已经来到了供桌前，态度虔诚，一脸严肃，学着刚才人们的样子，跪到垫子上，拿起酒壶，把杯子里倒上酒，端起杯子，把酒慢慢浇到家堂轴子前，然后拿起筷子，挨样夹起供品，奠到供桌后面地上，接着双手撑地，弓腰，低头，以额头触向地面，连着磕了三个头。

整个过程中，周围的空气好似凝固了，人们屏着呼吸，一动不动地站在那里，眼光随着他的动作移动着。当他站立起来的时候，人们都看到了他额头上粘的那层尘土，心里颤动着，一下子感到与他的距离更近了。

春节过后，这个家族有不少人跟着队伍走了，也有一些进干校学习后被派到各地去，成了岸堤参加革命最多的一个家族。

后来,进西藏时,毛泽东亲自点名,让张经武去,并说他很善于尊重群众的风俗,肯定能胜任西藏的工作,举例子说的就是这年春节他在沂蒙山区的岸堤时在请家堂的老百姓家磕头的事儿。

手势

天气寒冷得好似把太阳也冻成了一块浑浊的灰蒙蒙的冰坨,冷冷地挂在天上,眼看就要沉沉地坠落到西山下。日本鬼子对沂蒙山区的扫荡特别疯狂,陈光和一一五师一部灵活地穿插着、战斗着,在十天里已经打了七仗。这天下午他们迅速出现在日本人的一处据点前,展开了攻击。日本人一直处于攻势,认为把沂蒙山区的抗日军队和山东分局包围在了高湖到张庄不到四十公里见方的范围内了,所以并无多少准备,陈光他们没费多大事儿就打进了据点。

日本人全部死了,只有一个穿和服的日本女人躺在地上呻吟着,刚冲进来的几个战士的枪口同时对准了她,马上就要扣动扳机。

正在此时,陈光走了进来,大喊一声:"慢!"

战士们的枪口一动不动地指着日本女人,疑惑的眼光参差地转向他。陈光慢慢走近,只见这个女人腹部高高地鼓胀着,下身正流着血,已经浸透了衣服。

他对一个随行的女卫生员说:"看看是怎么回事?"

然后对战士们说："男人们都——向后转！"

战士们大多慢腾腾地转身，陈光笑道："哈，敌人都死了，就这么个女人，大家不用太紧张了。"

过了一会儿，卫生员走过来报告说："这个女人没受伤，是临产了，马上要生孩子了，怎么办？"

"抬上她，一起走，行不行？"陈光问道。

卫生员轻轻地摇头："论说绝对不行，要在路上生了，不好处理，于孕妇的身体非常不利，受风受凉的。"

有的战士已经回过头来："首长，他们日本人正在对我们拼命地扫荡，还抬她，还让她生小日本鬼子？叫我说，一枪崩了她！"

更多的战士义愤填膺了："他们杀害了咱们的多少女同胞啊。"

陈光的喉结上下使劲地滚动着，有些哽咽地说："咱们，能和他们比？"场面静了下来，他眉头紧锁着，过了一会儿舒展开了，安排道："大家占据有利位置，防备再有日本鬼子过来，只要过来，就狠狠地打！"然后告诉卫生员："准备接生吧。"

"是！"卫生员快速去准备了。

日本女人的呻吟声时大时小，卫生员的声音不时传来："哎呀，你使劲呀，使劲，使劲。别紧张，使劲。"

过了半天，卫生员着急地喊道："首长，她不懂我说的话，又加上紧张，生不出来呀，这可怎么办？"

陈光也非常着急，他知道部队必须在尽量短的时间里撤出，每拖下去一点时间，就增加一分危险。他想起了妻子史瑞楚无意中说的在前几个月生儿子东海时的情形，就背对着卫生员说："你做手势，这样——"他抬起两手，在自己胸前从左到右地比画着："从上到下，从肚子往下比量比量，试试她能明白不？"

"从上到下，使劲。"女卫生员一边说着一边比画起来。几次后，日本女人的呻吟声变小了，里面夹杂着响起了用力的声音。

陈光的神情变得稍轻松了一些。他看了看战士们,都占据在有利的位置上,认真地注视着外面的动静。周围一片安静,短时间里日本人是不会过来的,他才放心了。他在据点里转悠起来,寻找着什么。战士们早打扫了战场,战利品已经归类,只等撤出了。但他总感到不太对头,这个日本女人要生孩子,肯定是有准备的,怎么会没有和生孩子有关的战利品呢?他继续耐心寻找着,终于在一个墙角上,发现了一包破裂的草纸,破碎处透着褐色。他大步奔过去,拿起一看,果真是红糖。他知道是打扫战场的战士不认识才丢弃的,他又找来几张纸,仔细地包起来。

"哇——哇——"随着卫生员声音的逐渐变小,一个小生命来到了人世间。

陈光终于长长地出了一口气,在卫生员拾掇好以后,陈光把那包红糖递过去:"给她留着。"

卫生员犹豫了一下,小声说道:"史大姐坐月子也没能吃上红糖,这……"

"你这小鬼。"陈光的眼睛里掠过一痕轻微的湿意,意识到以后,他马上转过脸去。

两个战士抬着产妇和孩子,他们快速地走在转移的路上。哇——哇——婴儿的哭声飘荡在沂蒙山区刺骨的寒风里。陈光时常走上前去,给掖一下被角,然后又不自觉地两手在身前从左到右地比画一下,比画一下,他又忍不住无声地笑了……

洗

夕阳已经落山了,郭洪涛急急火火地向门外走去,通信员快速地跟上去,不一会儿他们就到了村后,两间低矮的草房出现在眼前。郭洪涛叫了一声:"大爷,吃了饭了?"郭洪涛来沂蒙山区时间不长,却早已学会了这里最常用的打招呼语。

"吃了吃了,同志又来啦?快进来坐。"热情的声音从床上传出来,屋子里已经暗了起来,但由于里面一点起遮挡作用的家具都没有,从门外就能把床铺看在眼里。

"怎么吃的?儿子回来过了?"说着,他已经来到了床前。

"别熏着你,我这没个好味。你到门口坐。"大爷把头转了转,示意门口有个座位。

看到屋子太小,转不开身,通信员就站在了门外。

郭洪涛平静地站在那里,并没有坐。屋子里味道确实不好闻,浓重的尿臊气直冲入鼻孔。郭洪涛从延安来山东担任省委书记后多次住在这个名叫牛王庙的村子里,他一有空就到农户里去转转,认识了这位瘫痪在床的孟大爷。每次经过或落脚在牛王庙村,只要有空他总是来帮他干点活,早已经成熟人了。当然孟大爷并不知道他是省委书记,只知道是个干部。

孟大爷老伴去世多年,只有一个光棍儿子,在外村给地主扛活,有时几

天不回来,只能抽空回来给他弄些饭,洗刷问题就更难了。知道孟大爷生活非常不方便,郭洪涛让村里的干部尽量予以照顾。

郭洪涛知道毕竟外人有照顾不到的时候,自己就也尽量来帮他一下。明天他就要走了,回延安参加七大,所以想来再帮帮孟大爷,于是就直奔主题了。他从墙角的一个破凳子上拿过来一床多处露着破棉絮的褥子,准备给他换上。通信员也快步走了进来准备打下手。孟大爷明白了他们的意思,赶紧说:"可不能再这样了,一次次的,那还行?"

"我们明天一早又要走了,瞅这点空帮你洗巴洗巴。"说着,他与通信员慢慢翻转着孟大爷的身子,用身下的褥子轻轻擦着老人身上的屎尿,一阵阵浓重的气味直往鼻孔钻,通信员忍不住皱了皱眉头,而郭洪涛却毫不在意,一边小心地擦拭着,一边与孟大爷拉着呱,"我父亲也是陕西米脂的一个农民,咱们都是一样的穷苦人啊,"擦干净后,郭洪涛轻轻地为他铺平刚拿过来的褥子,与通信员一起轻轻把孟大爷放平,让他躺好,"我们去王家河,很快就会回来的。"

通信员还没站直的时候,郭洪涛已经抱起褥子快速向外走去。他们来到村西的王家河边时,天更加暗了,眼看就要黑下来。沂蒙山区十月的傍晚,已经有很浓重的凉意,风从水面上迎头吹来,郭洪涛忍不住打了一个寒战。河水显得有些暗淡,水面上一道道波纹好似老人满脸的皱纹。王家河在这一段是向南流的,河水哗哗地簇拥着向前奔去。郭洪涛轻车熟路地来到一块石头坡前,把褥子小心地浸到水里,先让被孟大爷弄脏了的地方朝向水里,他不时地用手调整着角度,让流水冲刷着。通信员找来一根棍子,轻轻刮着脏污的地方。过了一会儿,附在褥子上的污浊物是没有了,可污渍却仍然在,郭洪涛笑笑:"不管干什么,不亲自动手是很难干彻底的啊。"说着,两只手攥起有污渍的地方,来回搓动起来。通信员也赶紧抓起一片来,使劲搓着。他们搓搓,浸到水里摆动、冲洗一会儿,再搓搓,再浸到水里摆动、冲洗一会儿。水刺骨的凉,手都快要麻木了,但他们还是认真地洗着,直到彻底洗净。郭洪涛站起来,活动了一下腰身,招呼通信员道:"来,你逮住那头,我抓住这头，你往左拧，我往右拧，使劲把水拧干净。"在他们的用力下，水被从褥子里嗤嗤地挤压出来，手中的重量逐渐变轻了，他们的手劲也几乎用尽了，十根手指酸酸的，好似一点感觉都没有了。远处地，一切都逐渐模糊起来，天马上就要黑透了，他们在河边稍稍休息了一会儿，就拿起褥子回到了老人的家。

郭洪涛和老人解释道："孟大爷，本来白天洗洗接着晒最好，但我实在没抽出时间来，也就只能这样了啊，现在先晾在外面，只好等明天晒了。"

孟大爷哽咽着说："好人啊，你们都是好人啊。等我这老不死的死了，让儿子跟着你们这些好人干去。"

郭洪涛也擦了擦眼睛，说："别让他走远了，对你也好有个照应。不要想死呀活呀的，好好活着，等咱们赶走日本鬼子，就会过上好日子的。"

孟大爷咧嘴笑了笑，好似想起了什么："怎么着，明天又要走了？"

郭洪涛不能详细告诉他组织的决定，就笑笑："我们随时会转移的，等我转回来再来看你啊。"

尽管这么说，郭洪涛也知道短期内不会回到这里的。他要绕道先去解决湖西肃托的错误问题，然后再从单县去延安参加七大。结果到延安后，七大又延期了，他从此也调离了山东。

直到20世纪90年代初，郭洪涛才又回到了沂蒙山区，在马牧池乡驻地牛王庙村，他突然笑呵呵地和当地干部说起这件事，并问他们知道这个家庭后来的情况不。当地干部告诉他，老人去世后，他的儿子参了军，几年后就当了团长，后来在解放开封的战斗中牺牲了。

郭洪涛脸色渐渐凝重了起来，过了半天，长长出了一口气，没再说什么。

交叉子

这天,岸堤逢大集,黎玉处理完了一大批事务后,看到能抽出一点时间,就叫上通信员:"咱们赶集去。"

通信员露出一丝惊诧,很快脸上的疑惑就消失了,迅速跟上了黎玉的步伐。

虽说是战乱的年代,可一旦安定下来,就是很短的几天,生活必需品还是要买卖的。他们来到设在村道中的集市上,发现男女老少真有点摩肩接踵的样子了。黎玉慢慢地转悠着,在一个个地摊前不断地驻足,好似寻觅着什么的样子。

终于,黎玉高兴地对通信员说:"可找到了,可找到了。"看到眼前的地摊上摆了几十个交叉子,通信员明白了原来黎玉要找的就是交叉子啊。黎玉问摊主:"老乡,怎么卖啊?"

"好几种价格啊,柞木的最贵,其次楸木的,然后是槐木的,您要哪种?"摊主热情地招揽着,"柞木最结实,坐时间长了又滑溜颜色又好看……"

黎玉赶紧打断他的话:"就要柞木的。不过,怎么上边没有铁轴和皮绳呀?"

摊主笑笑说:"大道朝天,各管一边。我这活儿属于木作,铁轴属于铁作的生意,皮绳是皮作的。"

"作？"黎玉疑问道。

"作就是干活的地方,作坊嘛。"摊主耐心地解释着,"前面就有卖铁头家什的,过去让他配上铁轴,接着让他给铆住就行了。"

黎玉赶紧从兜里掏出钱来,买上一个柞木的,并在前边不远处的一个地摊上顺顺当当地装上了铁轴。他对跟着的通信员笑着说:"这还很复杂噢,咱们再找皮绳去。"

他们是在集市的西头找到皮货摊的,只见地上有已加工好的整张的牛皮,有许多条切割制作好的牛皮腰带,也有皮烟包,皮囊等。更多的是一根根用牛皮切成的皮绳,不粗不细,颜色洁白如雪。

看到黎玉手里拿着的东西,摊主很远就热情地招呼道:"哎呀,串交叉子吧?来来来,看俺这牛皮绳,又匀称又柔软还结实,串的交叉子坐着保证舒服不硌腚锤子。"

周围的人都被他逗笑了,黎玉问他说:"怎么是白的?好像应该是另一种颜色呀?"

摊主头一扬,腰一挺:"哦,你见到的那是坐过一段时间的。我们这里都是用上好的牛皮绳串交叉子的,开始是白色的,坐后逐渐会变成殷红色,越来越好看,坐着也越来越舒服。你这柞木的交叉子架,配上我这牛皮绳,不出半年保证就会变得非常好看。"

买上牛皮绳,黎玉仍没有挪动脚步,在摊主应付买卖的空隙里,赶紧凑上前去:"我,这,还不会串呀,能教教我不?"

摊主很热情,从黎玉手中拿过交叉子架,拿起一根皮绳,比画着:"从这边第一个眼儿串向那边的第三个眼儿,外边留下一段皮绳头儿,回到这边第二个眼儿,然后奔那边第四个眼儿,到头后再倒着串回来,和留的皮绳头儿系在一起就行了。记住两头的第一个眼儿都得串过三次,其他眼儿全是两次就对了。皮绳的接头要接在外侧,那样才好看,坐不着疙瘩也才不硌人。"

说到这里,又来了生意,他就照应去了。黎玉也觉得明白了,就回驻地去了。

将帅风采 第六辑

黎玉来山东后一直担任着党政军的重要职务,从集上回来就又投入紧张的工作中去了,一直忙到深夜,才有空拿起白天买来的皮绳,在灯光下把皮绳向交叉子的两排圆孔串去。他一边串着,一边小声地自语着:"从第一个往第三个串,依次来。哦,拧股了,回来回来。"说着,就整理顺溜了,看到自己的劳动成果有了模样,他的脸上露出了笑容。

可是,一边串到头儿的时候,他怎么也串不成了,因为往回拐的时候,在第一个眼儿里皮绳第三次串过的时候没有挡头,他的额头上急出了一层热汗,可反复端详,就是没法解决这个问题。

因为明天还有更重要的工作,恐怕没有时间琢磨这个活儿了,所以他决心今天夜里彻底解决战斗。

突然,他灵机一动,拿起了自己正坐着的那个交叉子,小心地把上面的皮绳扣一点点解开,嘴里还嘟囔着:"要是把这个弄坏,罪过可就大了。"

通过拆解这个交叉子,黎玉弄明白了问题的所在,最后终于把新买来的串好了。

他感到腰酸背疼的,眼睛也有些模糊,时间太晚了,需要赶紧休息了。可是,看看新的,又看看被自己解开的旧的,他无奈地笑了笑,用手掌拍了拍自己的额头,又躬下身去。

当他把原来这个也串好的时候,天已经亮了。他揉揉眼睛,仔细地瞅着自己的劳动成果,又寻思起来:沂蒙山区的人管马扎子叫交叉子,好像显得更加形象啊,它是两部分交叉在一起,中间有个轴穿起来,上面用皮绳编织好,就成了一个又轻便又舒适的坐具。黎玉端详着,琢磨着,脸上露出会心的微笑来。

前一段时间,他们向村里的老百姓借来了几个交叉子,可是没想到有一个在日军分为十二路对沂蒙山区的疯狂扫荡中,丢失了。粉碎敌人的扫荡后,黎玉回到岸堤,想到的第一件事就是赶紧给老百姓赔偿弄丢的那个交叉子。